RUF

DES

DRACHEN

Gezeichnet vom Drachen Buch 3

AUCH VON RICHARD FIERCE

DRACHENREITER VON OSNEN

Probe durch Zauberei
Ein Bindung des Feuers
Aufruf der Krieger
Die Münze der Seelen
Flügel des Terrors
Augen aus Stein
Zahn und Klaue
Der Diener der Seelen
Rauchschleier
Der Schurkenreiter
Das Lied der Knochen
Klinge und Thron
Gezeiten der Dunkelheit
Zorn und Untergang
Grab der Eide

RUF
DES
DRACHEN

Gezeichnet vom Drachen Buch 3

RICHARD FIERCE

IMPRESSUM

Titel: Ruf des Drachen
Autor: Richard Fierce
Übersetzung: ScribeShadow
Umschlaggestaltung: Richard Fierce
Satz: Richard Fierce
Verlag: Dragonfire Press
DieOriginalausgabe erschien 2021 unter dem Call of the Dragon
©2024 Richard Fierce
Alle Rechte vorbehalten.
Autor: Richard, Fierce
73 Braswell Rd, Rockmart, GA 30153 USA,
Richard.Fierce@yahoo.com
ISBN: 979-8-89631-042-6

Dieses Buch wurde mithilfe einer Software übersetzt. Wenn Sie Fehler finden, kontaktieren Sie mich bitte und informieren Sie mich darüber.

Dragonfire Press

1

Als Mina in der unterirdischen Stadt ankam, die Copper sein Zuhause nannte, fiel ihr zuerst die Hitze auf. Sie lag tief in den Langen Sanden, und als sie landeten, war sie schweißgebadet. Ein paar Drachen flogen über ihnen und zogen träge Kreise.

Was machen sie da?

Das sind Kundschafter, antwortete Copper. *Sie halten Ausschau nach Sandwürmern.*

Sie dachte an den, den sie zuvor gesehen hatte, und schauderte bei der Erinnerung.

Du bist hier sicher. Selbst wenn einer an den Kundschaftern vorbeikäme, würde er auf eine Armee von uns treffen.

Was, wenn mehr als einer käme?

Sie sind nicht intelligent genug, um sich zusammenzuschließen.

Seine Antwort beruhigte sie etwas. Das war eine Sache, um die sie sich keine Sorgen machen musste. Sie rutschte von Coppers Rücken und stöhnte auf. Ihr Hintern tat weh, ebenso wie ihr Rücken und ihre Beine, und ihre Finger waren verkrampft. Sie dehnte sie, indem sie Fäuste machte und wieder löste, um die Steifheit zu vertreiben.

Viele der Drachen hier haben seit Jahrhunderten keinen Menschen mehr gesehen. Ich erwarte, dass du keinen warmen Empfang erhalten wirst.

Werden sie versuchen, mir wehzutun?

Nein. Und wenn sie es täten, würde ich es nicht zulassen. Du bist mit mir verbunden, und es ist meine Pflicht, dich zu beschützen.

Sogar vor deinesgleichen?

Ja.

Mina hoffte um ihrer beider willen, dass es nicht dazu kommen würde.

Folge mir, sagte Copper. *Du kannst dich in meiner Kammer ausruhen.*

Der Drache ging den abschüssigen, höhlenartigen Eingang hinunter, und Mina folgte ihm. Dickes Glas bildete die Wände und die Decke, und unnatürliches Licht flackerte darin und beleuchtete ihren Weg, während sie das Sonnenlicht hinter sich ließen.

Woher kommt all dieses Glas? fragte Mina.

Wir haben es gemacht.

Mit Magie?

Copper lachte über die Frage. *Mit unseren Flammen. Sand wird unter extremer Hitze zu Glas.*

Wirklich? Das wusste ich nicht. Sie hielt inne. *Warum habt ihr Glas verwendet?*

Sand allein ist schwach. Wir könnten nicht hindurchgraben, ohne etwas, das ihn davon abhält einzustürzen. Wir Drachen sehen gerne unsere Spiegelbilder, also war Glas die logische Wahl.

Mina starrte auf die Wand zu ihrer Rechten und beobachtete ihre Abbilder, die neben ihnen hertrieben. Lord Klodian hatte prunkvolle Spiegel und Fenster, aber sie waren nichts im Vergleich dazu. Je tiefer sie vordrangen, desto kühler wurde die Luft. Als sie Coppers Kammer erreichten, schwitzte sie nicht mehr.

Drinnen zog ein riesiger Pool mit kristallklarem Wasser ihre Aufmerksamkeit auf sich. Sie wünschte sich nichts sehnlicher, als darin zu baden und den Schmutz von ihrem Körper zu waschen.

Nur zu, forderte Copper sie auf. *Ich muss gehen und mit den Ältesten sprechen.*

Du willst, dass ich hier allein bleibe?

Es wird dir gut gehen, solange du meine Kammer nicht verlässt. Bis gewisse Dinge entschieden sind, musst du hier drinnen bleiben.

Das klang, als wäre sie eine Gefangene, und Mina gefiel es nicht. Was konnte sie aber tun? Sie war ein wehrloser Mensch, umgeben von Drachen.

Wie lange wirst du weg sein? fragte sie.

Nicht lange. Wasch dich, und wenn ich zurückkomme, werde ich dir einige Dinge beibringen, die du wissen musst, bevor du vor die Ältesten trittst.

Was für Dinge?

Mach dir jetzt keine Gedanken darüber. Geh.

Mina ging zum Rand des Wassers und blickte über ihre Schulter, wobei sie einen Blick auf Coppers Schwanz erhaschte, als er aus ihrem Blickfeld verschwand. Sie fragte sich, wie sie sicher sein konnte, wenn die Kammer keine Tür hatte, aber sie schob den Gedanken beiseite. Wenn Copper sagte, er würde sie beschützen, dann musste sie ihm glauben. Sie streifte ihre Kleidung ab und warf sie in den Pool, dann stieg sie ins Wasser.

Die Temperatur war kühl, aber nicht kalt. Sie tauchte bis zum Hals ein und seufzte, fühlte sich entspannt. Ihre Kleidung trieb in der Nähe, und sie griff danach und wrang sie aus, legte sie dann zum Trocknen an den Rand des Pools. Nachdem Mina den Schweiß und Schmutz von ihrem Körper gewaschen hatte, verließ sie den Pool und ließ sich abtropfen.

Es gab nichts, um ihre Kleidung zu wärmen, und sie war immer noch feucht, als Copper zurückkehrte. Mina verbarg sich vor seinem Blick, indem sie die nassen Kleider an ihren Körper drückte. Er schnaubte als Antwort.

Deine Nacktheit interessiert mich nicht.

Es fühlt sich seltsam an, irgendjemanden mich sehen zu lassen, ob wir nun die gleiche Spezies sind oder nicht.

Ich hatte vergessen, wie empfindlich Menschen sind. Kein Wunder, dass eure Lebensspannen so kurz sind.

Mina verdrehte die Augen. *Ich bin nicht empfindlich. Ich bin nur ...*

Selbstbewusst? fragte Copper.

Ja.

Er schnaubte erneut.

Kannst du meine Kleidung trocknen?

Sicher. Leg sie auf den Boden.

Mina tat es zögernd und stand dann schnell auf, versuchte unbeholfen, sich mit ihren Armen zu bedecken. Copper ignorierte sie und öffnete sein Maul, setzte die Kleidung mit einem Schwall seines flammenden Atems in Brand. Minas Augen weiteten sich vor Schock.

Warum hast du das getan?

Du brauchst diese Lumpen nicht mehr. Du bist drachengebunden und wirst dich dementsprechend kleiden. Deine neue Kammer ist neben meiner. Siehst du die Spalte dort?

Mina folgte seinem Blick zu einer Stelle in der Glaswand, die dunkler war als der Rest.

Das ist ein Durchgang, der unsere Kammern verbindet. Als wir diesen Ort zuerst erbauten, fügten wir Räume für unsere Gebundenen hinzu. Wir hatten gehofft, dass der Zauber, den die Ältesten gesprochen hatten, irgendwann nachlassen würde und wir uns wieder mit Menschen verbinden würden. Das ist nie passiert, aber wir behielten die Räume trotzdem. Dies ist dein neues Zuhause, wenn du es so wählst.

Was ist mit den Ältesten? fragte Mina. *Werden sie kein Problem damit haben, dass ich hier bin?*

»Das bleibt abzuwarten«, erwiderte Copper. »Sie haben zugestimmt, dein Anliegen anzuhören, also zieh dich an. Die

Kleidung dort sollte dir passen, aber sag mir Bescheid, wenn nicht. Sobald du fertig bist, werde ich dich über die Enklave unterrichten.«

»Die Enklave?«

»Geh schon«, drängte Copper. »Wir haben nicht viel Zeit, bevor die Ältesten dich rufen.«

Mina nickte und machte einen peinlichen Sprint zum Durchgang. Er war nur etwa zwei Meter lang, und dann fand sie sich in vertrauteren Umgebungen wieder. Der Raum war mit menschlichem Dekor ausgestattet. Es gab ein Bett und einen Kleiderschrank sowie einen großen Teppich und eine Schneiderpuppe mit einer Lederrüstung.

Sie schlenderte zum Kleiderschrank und öffnete die Doppeltüren. Eine schwarze Hose und ein blaues Hemd fielen ihr ins Auge, und sie zog sie schnell an. Als sie einen Blick in den Spiegel warf, sah sie, dass sie irgendwie anders aussah. Vielleicht war es eine Illusion, oder vielleicht dachte sie nur, dass sie anders aussah.

»Bist du schon fertig?«, fragte Copper.

»Ja.«

Mina schaute auf die Schneiderpuppe und fragte sich, ob sie am Ende die Rüstung tragen würde. Sie war keine Kriegerin, aber das hieß nicht, dass sie keine werden könnte.

»Kannst du mir beibringen zu kämpfen?«, fragte sie.

»Vielleicht. Wenn du die Ältesten überzeugst, ist dein Potenzial grenzenlos.«

Minas Augen verweilten noch einen Moment länger auf der Rüstung, dann ging sie zurück in Coppers Zimmer. Sie würde alles tun, um die Ältesten zu beeindrucken.

2

Es gab nichts.

Er war nichts, nur ein ätherischer Gedanke, der im Unbekannten schwebte. Etwas Undeutliches schwebte in seiner Nähe. Als er es anstarrte, wurde es klarer, definierter. Es waren fünf Buchstaben, die in einem bestimmten Muster angeordnet waren.

Caden.

Sein Name, vielleicht? Ja, es gab etwas daran, das in seinem Geist Anklang fand. Er versuchte, danach zu greifen, aber er hatte keine Hände oder Arme. Eine Stimme sprach den Namen, seinen Namen, und er hallte um ihn herum wider.

Komm zu mir.

Cadens Augen öffneten sich schlagartig und er holte tief Luft. Er lag da, verwirrt. Was war passiert? Wo war er gewesen? Die Erinnerung war bereits vage und bald völlig verschwunden. Er starrte in den Himmel, dessen blaue Weite eindrucksvoller war, als er sich erinnerte.

Steh auf und komm zu mir.

Die Stimme kam ihm bekannt vor, und doch konnte er sie nicht zuordnen. Ein seltsames Gefühl, gewiss. Caden setzte sich auf und sah sich um. Ein geschwärztes Feld erstreckte sich in alle Richtungen. Er berührte das schwarze Zeug mit seinen Fingern und inspizierte sie.

Asche.

Langsam kamen die Ereignisse zu ihm zurück. Er war ermordet worden. Oder zumindest hatten sie *versucht*, ihn zu ermorden. Seltsamerweise war er noch am Leben. Ein weiteres Rätsel. Er stand auf wackeligen Beinen und fragte sich, wie lange er bewusstlos gewesen war. Der Rauch, den er eingeatmet hatte, musste ihn das Bewusstsein verlieren lassen haben. Nicht weit entfernt sah er die Leichen von Pferden und ihren Reitern. Er musste sie nicht aus der Nähe sehen, um zu wissen, dass es Runenkrieger waren. Lord D'Lances Grausamkeit und Bosheit kannten keine Grenzen.

Er hatte überlebt, was bedeutete, dass er die Kenntnis dessen, was er erfahren hatte, zu Lord Culver bringen konnte. Sobald der Hochprinz von Lord D'Lances Verrat erfuhr, würde die Hölle los sein. Caden fuhr mit der Zunge über seine rissigen Lippen. Er brauchte Wasser und Nahrung, in dieser Reihenfolge. Auch Unterkunft, aber das konnte warten. Er hatte schon oft unter freiem Himmel geschlafen. Als er sich nach Osten wandte, spürte er, wie etwas an ihm zog.

Geh nach Norden.

Es war wieder diese Stimme. Caden drehte sich nach Norden und starrte voraus. Wenn er in diese Richtung ginge, würde das bedeuten, zurück in Lord D'Lances Herrschaftsgebiet zu gehen. Er wusste, er sollte wahrscheinlich nach Osten zu Lord Culver gehen, aber die Stimme, die ihn rief, war so sehr stark. Seine Neugier war zu groß, und er ging über das Feld, dem Zug folgend, den er spürte.

Er lief stundenlang, überquerte Flüsse und offene Felder und navigierte durch dunklere Landschaften, die jeglichen Lebens beraubt waren. Die Stimme leitete ihn den ganzen Weg. Seine Kleidung wurde schmutzig, seine Füße bekamen Blasen, doch er trieb sich weiter voran, bis er den Fuß eines zerklüfteten Berges erreichte. Wolken hatten sich über ihm gesammelt und kündigten Regen an. Blitze zuckten, und Donner grollte einen Moment später. Er war jetzt nah. Die Quelle der Stimme war irgendwo dort oben.

Caden begann den Berg zu erklimmen.

Anfangs war es einfach. Dann begann der Regen, prasselte hier und da sanft, bis er zu einem Wolkenbruch wurde und ihn zwang, auf allen Vieren das gefährliche Gelände hinaufzuklettern. Das Wasser machte es noch gefährlicher. Die Stimme war hier stärker, erfüllt von Macht, und er konzentrierte sich darauf, ignorierte den Schmerz in seinen Muskeln.

Seine Kleidung wurde durchnässt und klebte an seiner Haut, lästig und unbeholfen. Caden ließ nicht nach. Er kletterte weiter die Bergwand hinauf, bis er ein Plateau erreichte. Als er sich darauf zog, sah er den schattigen Eingang einer Höhle. Bröckelnde Säulen, in die Symbole eingraviert waren, säumten den Eingang und standen stumm Wache.

Als Caden zurückblickte, wurde ihm bewusst, wie weit er gekommen war. Der Fuß des Berges war weit unten verloren, verborgen von den Wolken und dem Regen. Die Luft war hier oben dünner, und es war kälter. Er zitterte und wandte seinen Blick zurück zum Eingang, starrte in die tintige Schwärze.

Tritt ein, bat die Stimme.

Wie konnte er sich weigern? Er war so weit gekommen. Unaufhaltsam trugen ihn seine Füße in die Schatten. Sobald er zwischen den Säulen hindurchging, nahm ihm die Dunkelheit die Sicht, und er musste sich mit den Händen an der Wand entlangtasten. Die Steine waren glatt, und Caden wusste irgendwie, dass dies überhaupt keine natürliche Höhle war, sondern ein von Menschenhand geschaffener Tunnel.

Er folgte ihm blind für so lange Zeit, dass er dachte, er würde für immer verloren sein, aber die Stimme stärkte seine Entschlossenheit. Vor ihm sah er ein schwaches grünes Licht. Es kam von dem Moos, das an den Wänden und über die Decke gewachsen war. Das Leuchten erhellte den Weg, und er ging zuversichtlich weiter.

Der Tunnel öffnete sich zu einer großen kreisförmigen Kammer. Die Überreste dessen, was Caden für einen alten Tempel hielt, waren im Raum verstreut. Er hatte das vage Gefühl, diesen Ort schon einmal gesehen zu haben, aber er wusste, dass das nicht möglich war. Er war noch nie zuvor auf diesem Berg gewesen, hatte nie von seiner

Existenz gewusst, bis die Stimme ihn hierher gerufen hatte.

Trotzdem fühlte es sich ihm irgendwie *vertraut* an. Vielleicht hatte er davon geträumt.

Ja, dachte Caden. *Ich war in meinen Träumen hier.*

Er näherte sich der verfallenen Struktur und hielt inne, als sich etwas in den Schatten bewegte. Furcht schlich sich in seinen Hinterkopf, und er griff nach dem Griff seines Schwertes. Er konnte hier nicht sterben, nicht so. Allein. Vergessen. Die Stimme besänftigte diese Ängste.

Komm herein.

Caden zögerte nur einen Moment, dann trat er durch den offenen Türrahmen. Nach den Scharnieren am Rahmen zu urteilen, war offensichtlich, dass hier einmal eine Tür angebracht gewesen war. Im Inneren befand sich ein Altar mit einer Schale darauf. Dem Anschein nach hatte ein Feuer den Ort verwüstet. Der Boden war mit einer dicken Schicht grauer Asche bedeckt, und die bröckelnden Wände waren rußgeschwärzt.

Hinter dem Altar stand ein hoher Stuhl, der ihn an einen Thron erinnerte. Und hinter dem Thron erblickte er zwei leuchtende Augen. Cadens Herz raste in seiner Brust, aber als die Sekunden verstrichen und nichts geschah, beruhigte er sich. Es gab nichts zu fürchten. Die Stimme würde ihn beschützen, so wie sie es auf seiner Reise hierher getan hatte.

Zuvor war da nur die Stimme in seinem Kopf gewesen, aber jetzt war da eine Präsenz. Sie ragte in den Schatten hinter dem Thron auf.

»Wer bist du?«, fragte Caden. Er hielt seine Hand am Griff seiner Klinge.

Du erkennst mich nicht?

»Nein.«

Die Menschheit hat mich vergessen, sinnierte die Stimme. *Ich wurde vor langer Zeit von Menschen verehrt. Eine Göttin unter vielen. Ich war hier am Anfang. Ich beherrschte die Himmel, bevor Menschen die Erde betraten, bevor ihre Gier sie dazu trieb, mir zu schaden. Du würdest mir nicht wehtun, oder?*

Caden fragte sich, warum jemand ihr wehtun würde. Sie bot Trost und Frieden, gewährte Schutz, wo sonst nichts schützen konnte. Dann hatte er eine Erleuchtung. Sie war es gewesen, die ihn vom Rande des Todes bewahrt hatte. Lord D'Lance hatte ihn verraten, aber sie hatte ihn gerettet.

»Ich werde dir niemals wehtun«, schwor Caden.

Das ist gut. Wir müssen einander vertrauen, du und ich.

Die Augen hinter dem Thron blinzelten träge.

Ich bin es leid, hierher gezwungen zu werden. Es gibt etwas, das du für mich tun musst.

»Was ist es?« Er würde alles für sie tun.

Der Mann, der mich gefangen hält, ist derjenige, den du Lord D'Lance nennst. Er ist ein böser Mann, ein Feind all meiner Art. Es gibt einen Raum in seinem Schloss, wo er seine dunklen Taten vollbringt. Kennst du ihn?

»Leider nicht«, antwortete Caden. »Aber ich werde ihn finden.«

Ich vertraue darauf, dass du das tust. In diesem Raum sollte ein Edelstein sein. Er wurde von Lord D'Lance erschaffen, um mir zu schaden und mich hier in diesen Ruinen festzuhalten. Selbst jetzt brennt seine Macht in meinem Wesen. Ich brauche dich, um ihn zu zerstören.

»Ich werde ihn zerstören«, schwor Caden, nahm seine Hand vom Schwertgriff und legte sie auf seine Brust. »Und ich werde Lord D'Lance töten.«

Nein! Die Stimme zischte. *Sein Tod wird durch meine Klauen kommen, wenn ich bereit bin.*

»Du kannst mir vertrauen. Ich werde ihn für dich verschonen.«

Er wird versuchen, dich aufzuhalten. Er wird viele Dinge sagen, um dich von diesem Weg abzubringen. Du darfst ihnen nicht glauben.

»Ich werde seinen Lügen nicht glauben«, sagte Caden.

Die glühenden Augen funkelten zufrieden.

Sobald du den Stein hast, werde ich dir sagen, wie du ihn zerstören kannst. Es wird nicht einfach sein, aber der Preis wird es wert sein. Du wirst mein General sein, und ich werde viele für unsere Sache sammeln. Du wirst sie alle anführen.

»Ich bin nicht würdig.«

Ich werde dich würdig machen.

Caden konnte spüren, wie ihre Macht pulsierte und sich im ganzen Raum ausbreitete. Wellen in der Luft trieben auf ihn zu und er streckte seine Hand aus, um sie zu berühren. Elektrizität streifte seine Fingerspitzen und durchströmte seinen Körper. Caden konnte die rohe Kraft spüren, die durch ihn floss, und es war berauschend.

Ein Beben erschütterte den Berg. Lose Steine polterten zu Boden und mischten sich mit dem Zwitschern von Fledermäusen und anderen unterirdischen Kreaturen, die durch die Störung erwachten. Die Stimme sprach ein einziges Wort.

Geh.

3

Sag es mir noch einmal.

Mina zwang sich, die Augen zu schließen und geduldig zu sein. Copper versuchte, ihr eine Fülle von Fakten über die Ältesten und Drachen einzuprägen, aber es war einfach zu viel Information auf einmal für sie.

Es gibt sieben Älteste, die die Wüste regieren, und alle stammen von den metallischen Farben ab.

Gut. Mach weiter.

Alle 100 Jahre wechseln sie den Platz mit einer anderen Gruppe von Ältesten. Sie tun dies aus vielen Gründen, aber hauptsächlich, um zu verhindern, dass die Brüder in ihren Gewohnheiten festfahren. Jede Gruppe von Ältesten führt anders. Sie alle sind zu respektieren, weil sie sowohl weise als auch mächtig sind.

Copper starrte sie mit geschlitzten Augen an und nickte. *Woran musst du dich erinnern, wenn du vor der Enklave stehst?*

Dass ich nicht unaufgefordert sprechen soll, antwortete Mina.

Und?

Mina holte tief Luft. *Und ich soll die Ältesten als Tiarna ansprechen.*

Ich denke, du bist bereit.

Ich fühle mich nicht bereit.

Eine Bewegung am Höhleneingang erregte Minas Aufmerksamkeit. Ein silberner Drache blickte zu Copper und neigte seinen Kopf, dann verschwand er.

Uns ist die Zeit ausgegangen, sagte Copper. *Die Ältesten haben uns gerufen.*

Du wirst bei mir sein?

Ja, aber ich werde schweigen. Die Petition ist deine, also musst du für dich selbst sprechen.

Ich werde mein Bestes geben.

Das ist alles, was man verlangen kann. Komm.

Mina ging hinter Copper her, als er sie durch die gläsernen Tunnel führte, die sich tiefer in den Untergrund wanden und neigten. Sie hielten vor zwei hohen Glastüren an, aber Mina konnte nichts auf der anderen Seite erkennen. Ihr Spiegelbild starrte ihr entgegen, und sie atmete tief durch, um ihr rasendes Herz zu beruhigen.

Copper drückte seinen Kopf gegen eine der Türen und schloss die Augen. Ein paar Sekunden vergingen, und dann hallte ein knarrendes Geräusch von den Wänden wider, als die Türen sich langsam öffneten. Auf der anderen Seite der Schwelle befand sich eine riesige Höhle. Sieben Drachen warteten dort, alle so groß wie Copper.

Er ging hinein, aber Mina blieb wie angewurzelt stehen. Drachenangst hatte sie überwältigt. Sie zitterte unkontrolliert, ihre Augen fixiert auf einen silbernen Drachen, der dort saß. Der Drache erwiderte ihren Blick ohne zu blinzeln. Es war ein Weibchen. Mina konnte sie durch die Schuppe spüren. Der Drache sondierte ihren Geist. Hunderte von Erinnerungen an ihre Vergangenheit blitzten innerhalb von Sekunden vor ihren Augen auf.

Die Präsenz des Drachen zog sich aus ihrem Geist zurück und nahm die Angst mit sich.

Mina schluckte hart und trat in die Höhle, nahm ihren Platz neben Copper ein. Alle Ältesten beobachteten sie, und sie erfüllten den Raum mit einer chaotischen Welle von

Düften, aber zwei stachen am stärksten hervor: Vanille und Freesien.

Warum haben eure Emotionen Gerüche?

Copper neigte seinen Kopf zur Seite und warf ihr einen kurzen Blick zu. *Darüber werden wir später sprechen.*

Sie konnte sein Erstaunen durch die Schuppe spüren. Warum war er überrascht? Sie wandte ihre Aufmerksamkeit dem silbernen Drachen in der Mitte zu. Die Plattform, auf der sie ruhte, war höher als die anderen, und Mina nahm an, dass sie die Anführerin der Enklave war.

Tritt vor.

Mina trat zögernd vor Copper. Sie war versucht, ihren Blick zu Boden zu richten, zwang sich aber, den Kopf oben zu behalten. Sie konnte alle Drachen durch die Schuppe spüren, ihre verschiedenen Präsenzen einzigartig und voneinander unterscheidbar.

Tiarna, begrüßte sie. *Ich danke Ihnen, dass Sie mich mit einer Audienz beehren.*

Es fühlte sich seltsam an, wie eine Adelige zu sprechen, aber Copper hatte die Wichtigkeit ihrer Worte betont. Sie verbeugte sich in der Taille und hielt die Position, zählte in ihrem Kopf bis drei, bevor sie sich wieder aufrichtete.

Es ist lange her, dass es einen Reiter unter uns gab, sagte der silberne Drache. *Ich hoffe, dass dies eine gute Sache ist.*

Die anderen Drachen echoten ihre Zustimmung, ihre Stimmen wirbelten in ihrem Geist zusammen.

Dein Verbündeter sagt mir, du wolltest mit uns über etwas Wichtiges sprechen?

Ja, Tiarna.

Sprich deine Gedanken aus, Reiterin.

Mina war sich nicht sicher, warum der Drache sie Reiterin nannte. Sie war nur einmal auf Coppers Rücken geritten, und es war nichts, was sie dachte, wieder zu tun. Sie ließ sich ablenken, und sie wusste es.

Copper hat mir erzählt, dass ihr in den Krieg gegen Lord D'Lance zieht. Ich bin vor euch erschienen, um euch anzuflehen, es euch noch einmal zu überlegen. Ich weiß, dass er das Band pervertiert hat, indem er Menschen und Drachen mit dunkler Magie zusammenzwingt, aber viele Leben werden verloren gehen, wenn ihr diesen Weg einschlagt.

Die Drachen blieben stumm, also fuhr sie fort.

Ich habe erfahren, dass wir früher Verbündete waren. Wenn das stimmt, denkt ihr nicht, dass Krieg eine zu harte Strafe ist?

Die Verbrechen eines Mannes sollten nicht auf den Unschuldigen lasten.

Kollateralschäden sind immer ein Problem bei Kriegen, gab der Drache zu. *Doch was würdest du uns raten zu tun? Er muss gestoppt werden. Er hat nicht nur das Band korrumpiert, sondern führt auch verdrehte Experimente mit Dracheneiern durch.*

Mina verzog das Gesicht. *Das wusste ich nicht. Was für Experimente?*

Der silberne Drache blickte zu Copper. Er senkte seinen Kopf, und sie tauschten einen wissenden Blick. Der Drache sah wieder zu ihr.

Er benutzt seine Magie, um die Eier zu manipulieren, indem er ihre Lebenskraft mit Menschen kombiniert. Er erschafft sich eine Armee von Monstern.

Warum hast du mir das nicht erzählt? fragte Mina Copper.

Hätte es einen Unterschied gemacht?

Sie vermutete, dass es keinen Unterschied gemacht hätte, aber sie mochte es nicht, überrascht zu werden.

Bitte, flehte Mina den silbernen Drachen an. *Ich fürchte, dass Krieg mehr Probleme verursachen wird, als er löst. Wenn ihr das tut, ist nicht abzusehen, was passieren könnte.*

Menschen könnten sich zusammenschließen und Jagd auf Drachen machen.

Glaubst du, das sei etwas Neues? Das ist es nicht. Menschen haben unsere Art seit Ewigkeiten gejagt. Du selbst warst für den Tod vieler meiner Brüder verantwortlich.

Minas Kehle schnürte sich zu und ihr Herz fühlte sich an, als würde es in ihren Magen stürzen.

Sie haben Recht, sagte sie. *Ich habe den Tod an die Tür vieler Drachen geführt, aber ich war naiv und wusste nicht, was ich jetzt weiß. Ich kann meine Taten nicht rückgängig machen, aber ich hoffe, dass ich den angerichteten Schaden irgendwie wiedergutmachen kann.*

Das werden wir sehen.

Bitte führen Sie keinen Krieg, flehte Mina erneut.

Lord D'Lance muss aufgehalten werden.

Ich werde ihn aufhalten.

Ihr Geist verstummte. Die Drachen hielten ihre Augen auf sie gerichtet, aber ihre Worte und Gefühle entzogen sich ihr. Ihre Gesichter waren ausdruckslos, bar jeglicher verräterischer Zeichen, die sie hätte entschlüsseln können. Die Stille dehnte sich aus, bis sie dachte, sie sei taub geworden.

Was lässt Sie glauben, dass Sie ihn aufhalten können? Mächtige Männer umgeben ihn, und seine Magie ist so dunkel wie die Nacht. Sind Sie eine Kriegerin, dass Sie ein Schwert gegen ihn erheben werden? Nein. Ich habe Ihre Erinnerungen gesehen. Sie sind keine Kämpferin.

Dann werde ich lernen, eine zu sein.

Wer wird Sie unterrichten?

Ich werde schon jemanden finden, sagte Mina.

Der Drache knurrte und blickte zu den anderen Ältesten. Sie grummelten hin und her und sprachen miteinander auf eine Weise, die Mina nicht verstand. Schließlich verstummte das Grollen und der silberne Drache sah sie an.

Wir werden unseren Angriff zurückhalten. Sie haben zwei Wochen Zeit, um zu lernen, eine Kriegerin zu sein, und dann müssen Sie sich um Lord D'Lance kümmern. Wenn Sie scheitern, dann werden wir unseren Krieg haben.

Und wenn ich nicht scheitere?

Das werden wir sehen.

4

Caden saß an einem Bach, seine nackten Füße im Wasser. Die Temperatur war eisig und betäubte seine Haut, was den Schmerz seiner Blasen linderte. Jetzt, da er etwas Abstand zwischen sich und die Quelle der Stimme gebracht hatte, fühlte sich die ganze Begegnung wie ein Traum an. Wenn die Stimme nicht ständig in seinem Hinterkopf präsent gewesen wäre, hätte er geglaubt, es *sei* ein Traum gewesen.

Sein Magen knurrte und erinnerte ihn daran, dass er Nahrung finden musste. Er hatte keine Ahnung, wie lange er auf dem verbrannten Feld gelegen hatte, bevor er das Bewusstsein wiedererlangte. Waren es Stunden oder Tage gewesen? Nach dem Gefühl in seinem leeren Magen zu urteilen, vermutete er Letzteres. Er befand sich mitten im Wald, also wäre es einfach, Wild zu finden.

Es zu fangen, wäre jedoch die Herausforderung.

Der Geruch von etwas Kochendem erreichte seine Nase, und er zog seine Füße aus dem Wasser und schlüpfte wieder in seine Stiefel. Er stand auf, schnallte seinen Schwertgürtel um und lauschte auf Geräusche. Zunächst war nichts zu hören, und er nahm an, dass der Geruch nur seiner Fantasie entsprungen sein musste.

Dann hörte er Stimmen.

Caden legte seine Hand auf den Griff seines Schwertes und schlich langsam an den Bäumen entlang, dem Klang gedämpfter Unterhaltung folgend. Wasser quetschte sich zwischen seinen Zehen und machte bei jedem Schritt ein nasses Schmatzgeräusch. Er verlangsamte sein Tempo, als er um ein dichtes Gebüsch herumkam.

Eine Gruppe von Männern hatte sich um ein Feuer versammelt. Er zählte fünf von ihnen, alle trugen Rüstungen und waren mit verschiedenen Waffen bewaffnet. Sie trugen auch Umhänge mit Kapuzen, und Caden fragte sich, warum sie diese bei der Hitze trugen. Es war nicht so heiß wie in der Wüste, aber einen Umhang bei diesem Wetter zu tragen, war immer noch zu viel.

Während er zuhörte, wurde ihm klar, dass die Männer zu Lord D'Lance gehörten. Sie sprachen leise, aber er verstand den Namen des Mannes ein paar Mal. Einer von ihnen kümmerte sich um ein Tier, das über dem Feuer kochte. Sein Magen knurrte erneut, und der Geruch verlockte ihn, sich ihnen anzuschließen. Es war unwahrscheinlich, dass sie wüssten, wer er war, besonders da man ihn für tot hielt, aber er hielt es nicht für wert, das Risiko einzugehen.

Caden drehte sich um, um zu gehen, und fand sich von drei Männern in die Ecke gedrängt. Zumindest deutete ihre Statur darauf hin, dass es Männer waren. Ihre Gesichter bewiesen das Gegenteil. Sie hatten lange Schnauzen wie eine Eidechse, und ihre Haut war schuppig. Caden blinzelte, unsicher, ob das, was er sah, real war. Der ihm am nächsten Stehende trat näher.

»Wasss machst du hier?«, fragte er mit leiser, fast flüsternder Stimme.

»Ich bin nur auf der Durchreise«, antwortete Caden. Er konnte seinen Blick nicht vom Gesicht des Mannes abwenden.

»Er lügt«, sagte ein anderer.

»Ein Spion«, stimmte der Dritte ein.

»Kommst du, um zu sehen, wasss unser Meister getan hat? Du siehst es jetzt, oder?«

Caden machte einen Schritt zurück, aber der Eidechsenmann packte schnell seinen Arm und zog ihn nah heran. Caden versuchte, sich loszureißen, aber der Griff des Mannes war fest. Die anderen beiden kamen näher und überwältigten ihn, zwangen seine Arme hinter seinen Rücken und fesselten seine Handgelenke.

»Hör auf zu kämpfen«, schnappte der scheinbare Anführer und schlug Caden in den Magen.

Der Schlag presste ihm die Luft aus den Lungen, und er keuchte, fiel schlaff zusammen. Die Eidechsenmänner packten ihn an den Armen, hoben ihn hoch, trugen ihn zu den anderen und ließen ihn zu Boden fallen. Sie begannen, in einer harsch klingenden Sprache miteinander zu reden. Caden kämpfte darum zu atmen, vorübergehend ignoriert, während seine Entführer sich unterhielten. Schließlich kniete sich der, der ihn geschlagen hatte, an seine Seite und sah ihm in die Augen.

»Wir werden dich fressen«, sagte er.

»Das könnt ihr nicht«, keuchte Caden.

»Wir können und wir werden.«

»Ich bin einer von Lord D'Lances Runenträgern. Ihr könnt mich nicht essen.«

Der Eidechsenmann runzelte die Stirn und rollte Caden auf den Bauch, seine Krallenhände kratzten an seinem Nacken, als er nach der Rune suchte. Das Geschöpf machte ein Geräusch, das wie ein Fluch klang, und begann wieder mit seinen Kameraden zu sprechen. Ein anderes der Geschöpfe kam und überprüfte die Rune selbst, dann schnaubte es.

»Zwei Runen. Er isst ein Spion. Wir werden ihn fressen.«

»Lord D'Lance wird euch schwer bestrafen, wenn ihr mich esst«, sagte Caden. »Er wartet darauf, dass ich zur Burg zurückkehre.«

Die beiden Eidechsenmänner tauschten Blicke aus, und für einen Moment hielt Caden an der Hoffnung fest, dass sie ihn freilassen würden. Derjenige, der beide seiner Runen bemerkt hatte, zog einen Dolch aus einer Scheide an seiner Taille und drückte die Klinge an Cadens Hals.

»Wir fressen ihn. Lord D'Lance wird es nicht wissen.«

Das schien die ganze Gruppe zu erregen, denn sie begannen zu johlen. Caden verfluchte sein Pech, und im Hinterkopf fand er ihre Existenz schwer zu begreifen. Sie waren wie etwas aus einem Alptraum, eine

Mischung aus riesigen Eidechsen und Menschen.

Ein Horn ertönte, und die Kreaturen zogen ihre Waffen und sahen sich besorgt um. Caden sandte ein stummes Dankesgebet, in der Annahme, dass eine Patrouille sie gefunden hatte. Mehrere Gestalten stürmten ins Blickfeld, und der Zusammenprall von Waffen erfüllte die Luft. Caden versuchte, sich vom Kampf wegzurollen, schaffte es aber nur, auf dem Rücken stecken zu bleiben.

Er beobachtete, wie die beiden Gruppen gegeneinander kämpften, und erkannte, dass seine Retter auch keine Menschen waren. Es waren die gleichen eidechsenartigen Männer wie seine Entführer. Warum kämpften sie gegeneinander? War er jetzt in größeren Schwierigkeiten als zuvor?

Die Angreifer machten kurzen Prozess mit seinen Entführern, und Leichen übersäten das behelfsmäßige Lager. Caden schloss die Augen und lag still, in der Hoffnung, diese neuen Kreaturen würden denken, er sei tot. Er spürte, wie einer von ihnen über ihm stand, und die Neugier trieb ihn dazu, die Augen einen Spalt zu öffnen.

»Er lebt«, sagte eine dröhnende Stimme. »Ihr seid jetzt in Sicherheit, mein Herr.«

Caden war verwirrt. Bezog sich die Kreatur auf ihn? Sie kniete sich hin und drehte ihn um, löste seine Fesseln und zog ihn dann mühelos auf die Füße.

»Unser Meister sagte uns, dass Ihr in Schwierigkeiten seid«, sagte die Kreatur.

»Wovon redest du?«

»Von dem Meister, dem wir beide dienen. Sie residiert im Berg und hat Euch Autorität über ihre Streitkräfte gegeben. Wir sind jetzt noch gering an der Zahl, aber wir wachsen täglich. Ich bin Bast.«

Die Stimme. Darauf bezog er sich. Die Kreatur sprach fehlerfrei, im Gegensatz zu denen, die ihn gefangen genommen hatten.

»Danke, dass du mir geholfen hast, Bast.«

»Es ist meine Pflicht und eine Ehre, mein Herr.«

»Nenn mich ... einfach Caden.«

»Wie Ihr befehlt.«

»Unser Meister hat mir eine Aufgabe gegeben, für die ich in Lord D'Lances Schloss eindringen muss. Kannst du mir dabei helfen?«

Basts Lippen kräuselten sich zu etwas, das wie ein Knurren aussah, aber Caden erkannte, dass er lächelte.

»Ich kenne geheime Eingänge. Wir werden dich hineinbringen.«

»Ausgezeichnet.«

Sie starrten einander schweigend an. Caden hatte viele Fragen, wusste aber nicht, wie er sie stellen sollte, ohne das Wesen zu beleidigen.

»Du musst keine Angst vor uns haben«, sagte Bast.

»Ich habe keine Angst, ich bin nur neugierig.«

»Du willst wissen, was wir sind?«

Caden nickte.

»Wir waren einst Menschen wie du ... bis Lord D'Lance uns veränderte.«

»Wie hat er euch verändert?«

Cadens Magen knurrte.

»Erst das Essen. Während du isst, werde ich dir erzählen, was passiert ist.«

5

Wer würde sie ausbilden?

Diese Frage quälte Mina, während sie auf dem Boden von Coppers Kammer saß und auf seine Rückkehr wartete. Die Enklave hatte sie entlassen und ihn gebeten zu bleiben, was ihre Sorgen nur noch verstärkte.

Sie bezweifelte, dass Lord Klodian sie darin unterrichten würde, wie man ein Soldat wird, und Thais war fragwürdig. Caden wäre ihr idealer Lehrer gewesen, aber er war jetzt in der Drakanischen Herrschaft. Wusste er, dass er einem so bösen Mann diente? Das war eine weitere Sorge, die zu ihrer ohnehin schon vollen Liste hinzukam.

Mina lief in der Höhle auf und ab, als Copper endlich zu ihr stieß. Sie sah ihn fragend an.

Deine Zweifel umgeben dich wie eine dicke Wolke, sagte er.

Ich kann nichts dafür. Ich habe keine Ahnung, wie ich in zwei Wochen genug lernen soll, aber das größte Problem ist, dass ich niemanden kenne, der mich ausbilden kann.

Dann ist es gut, dass ich jemanden kenne.

Tatsächlich? Wer ist es?

Ich.

Mina wartete darauf, dass er lachte, aber er starrte sie nur schweigend an.

Wie willst du mich zu einer Kriegerin ausbilden? Benutzen Drachen Schwerter und Rüstungen?

Nein, aber mein vorheriger Reiter tat es. Wir Drachen haben ein ausgezeichnetes Gedächtnis, und ich bin zuversichtlich, dass ich dir beibringen kann, was du zum Kämpfen und Überleben wissen musst.

Es gefiel ihr nicht, aber zu diesem Zeitpunkt war es ihre einzige Wahl. Sie nickte.

Sieht so aus, als müsste ich dir vertrauen.

Wie du es auch solltest. Wir sind verbunden und müssen daher einander vertrauen. Du hast mir dein Wort gegeben, dass du Lord Klodian zu keinen weiteren Drachen führen würdest, und du hast es gehalten.

Dein Vertrauen reicht nur so weit, sagte Mina. *Ich kenne nicht einmal deinen richtigen Namen.*

Copper schnaubte. *Wenn du der Enklave beweist, dass du eine Kriegerin bist, werde ich dir meinen Namen sagen.*

Ich werde nicht versagen. Ich kann nicht.

Ich glaube dir. In deiner Kammer wirst du eine Rüstung und ein Schwert finden. Hol sie, und wir werden mit deinem Training beginnen.

Jetzt? fragte Mina.

Ja. Zwei Wochen sind nicht viel Zeit, also zählt jeder Moment.

Er hatte recht. Mina stand auf und eilte durch den Tunnel in ihr Zimmer. Sie stand vor der Puppe, die die Rüstung trug, ihre Hände zitterten. War sie bereit dafür? Sie wollte es glauben, aber Zweifel überfielen sie. Selbst wenn sie lernen könnte, ein Schwert zu benutzen, würde sie die Stärke haben, jemanden damit niederzustrecken?

Sie kannte die Antwort darauf noch nicht. Zumindest jetzt noch nicht.

Es dauerte einen Moment, bis sie herausfand, wie man die Rüstung anlegt, aber als sie es tat, fühlte sie sich irgendwie anders. Stärker, wenn das irgendeinen Sinn ergab. Copper hatte erwähnt, dass es auch ein

Schwert gab, aber Mina sah es nicht. Sie durchsuchte den Raum und fand es schließlich oben auf dem Kleiderschrank. Eine dünne Staubschicht bedeckte es, und sie wischte es mit ihren Fingern ab, vorsichtig, um sich nicht zu schneiden.

Die Klinge war glatt und glänzte, als wäre sie neu. Sie schnallte die Scheide um ihre Taille und kehrte in Coppers Kammer zurück.

Du erinnerst mich an Lucius, sagte er.

War das seine Rüstung?

Nein, aber das Design ist ähnlich. Wie passt sie?

Ich denke, sie ist perfekt. Ich habe noch nie zuvor eine getragen. Es fühlt sich seltsam an.

Du wirst dich daran gewöhnen. Vorerst wirst du sie nur zum Schlafen ablegen.

Und was ist mit später? fragte sie.

Das hängt davon ab, was mit Lord D'Lance passiert, aber wahrscheinlich wirst du sie zur Sicherheit immer tragen müssen.

Mina konnte sich nicht vorstellen, in der Rüstung zu schlafen. Sie war nicht unbequem, aber eng und etwas einengend.

Brauche ich das Schwert jetzt wirklich?

Ja, antwortete Copper. *Wir werden während des Fluges etwas üben.*

Wäre es nicht einfacher, am Boden zu lernen?

Das wäre es, aber wenn du lernst, von meinem Rücken aus zu kämpfen, dann wird der Kampf am Boden ein Kinderspiel für dich sein.

Mina hob ihre Arme und schlug sie spielerisch. Copper gluckste als Antwort, und es brachte sie zum Kichern.

Komm, sagte er. *Wir gehen nach oben.*

Sie folgte seiner Führung und bewunderte die Aussicht, während sie gingen. Die großen Tunnel waren viel weniger verwirrend als das Labyrinth von Klodian Keep, und sie war zuversichtlich, dass sie sie sich schnell einprägen würde. Der Gedanke an das Schloss machte sie seltsam heimwehkrank. Es war ein merkwürdiges Gefühl, wenn man bedenkt, dass sie dort als Sklavin aufgewachsen war. Sie vermutete, es lag an der Vertrautheit des Ortes, der Gewissheit dessen, was von ihr erwartet wurde.

Hier unter Drachen wusste sie nicht, was sie tun sollte. Copper war ihr einziger Freund ... wenn man ihn so nennen konnte. Er war ihr ebenso fremd wie Thais, wenn nicht sogar noch mehr. Mina beobachtete den Drachen beim Gehen. Sein Gang erinnerte sie an eine Katze, besonders die Art, wie sich seine Schultern hoben und senkten, und seine ledrigen Flügel raschelten bei jedem Schritt.

Als sie aus der Höhle ins Tageslicht traten, blendete die Sonne Mina vorübergehend. Sie blinzelte mehrmals, bis sich ihre Augen angepasst hatten.

Setz dich auf meinen Rücken, so wie du es getan hast, als wir hierherkamen, sagte Copper.

Gibt es keinen Sattel, den wir benutzen könnten? Es wäre doch sicherer mit einem, oder?

Nichts an deinem Training wird einfach sein.

Mina zögerte. Sie wollte lernen, aber zu welchem Preis? Sie schob ihre Zweifel beiseite, kletterte auf Coppers Rücken und setzte sich zurecht. Der Drache schlug mit seinen Flügeln und sprang in die Luft, gewann an Höhe. Als sie hoch über dem Boden waren, drehte Copper große Kreise.

Du wirst zuerst die Grundlagen lernen, sagte er. *Während wir fliegen, musst du auf den Wind achten. Böen können plötzlich aufkommen und dich von meinem Rücken stoßen. Wenn du fällst, gibt es keine Garantie, dass ich dich auffangen kann.*

Das ist ja beruhigend, erwiderte Mina niedergeschlagen.

Hast du Höhenangst?

Ich glaube nicht. Das Fliegen hierher hat mich nicht gestört.

Gut. Zieh dein Schwert.

Mina zog unbeholfen am Griff der Klinge, bis sie aus der Scheide kam. Es war schwer, und sie fragte sich, wie sie es genau schwingen könnte, geschweige denn in einem Kampf führen.

Mach einen Übungsschwung, sagte Copper.

Was, wenn ich dich treffe?

Mir passiert schon nichts.

Mina streckte ihren Arm aus und schwang die Klinge in einer vorwärts gerichteten Hackbewegung. Ihre Augen weiteten sich, als der Griff ihren Fingern entglitt und das Schwert sich überschlagend durch die Luft flog.

Ich hab's fallen lassen, sagte sie.

Copper lachte und stürzte sich hinab, raste durch den Himmel, bis der Boden näher kam, dann breitete er seine Flügel aus, um die Luft einzufangen. Er landete im Sand und Mina sprang ab, lief zu der Stelle, wo das Schwert lag. Es war mit der Spitze nach unten gelandet und ragte wie eine Reliquie vergangener Tage aus dem Boden. Sie zog es heraus und trug es zurück zu Copper.

Tut mir leid. Es war schwerer als ich dachte.

Du brauchst dich nicht zu entschuldigen. Du wirst die nötige Kraft aufbauen, um es festzuhalten.

Mina bezweifelte, dass sie in zwei Wochen so viel Fortschritt machen würde, aber sie wollte nicht aufgeben. Sie stieg wieder auf den Drachen und wartete, bis sie in der Luft waren, um es erneut zu versuchen. Genau wie zuvor riss sich die Klinge los und wirbelte zu Boden.

Es würde ein langer Tag werden.

6

Caden beobachtete die Echsenmänner mit wachsamem Blick, während er auf etwas Fleisch kaute. Bast hatte ihm ein Stück von dem Tier abgeschnitten, das über dem Feuer gebraten hatte. Die Kreaturen ähnelten in ihren Manieren und Persönlichkeiten normalen Menschen, aber ihre schuppige Haut und länglichen Gesichter widersprachen dieser Annahme.

»Was weißt du über Drachen?«, fragte Bast.

»Nicht viel«, antwortete Caden achselzuckend. »Sie sind einfach wilde Tiere.«

»Das dachte ich auch mal. Ich kann dir mit Sicherheit sagen, dass nichts weiter von der Wahrheit entfernt sein könnte.«

»Was meinst du damit?«

»Sie sind keine gedankenlosen Kreaturen. Sie haben intelligente Gedanken und können sprechen.«

Caden hob seine linke Augenbraue. »Sie können sprechen?«

»Ja«, antwortete Bast. »Ich sehe den Zweifel in deinem Gesicht. Wie kommt es, dass du mich und meine Brüder sehen und wissen kannst, dass unsere Existenz eigentlich unmöglich sein sollte, aber du scheust dich vor der Idee, dass Drachen kommunizieren können?«

»Du hast ein gutes Argument.«

»Du weißt es nicht, oder?«

»Was weiß ich nicht?«

»Unsere Meisterin ... sie ist ein Drache.«

Das Bild der glühenden Augen hinter dem Thron kam Caden in den Sinn, und er erkannte, dass Bast die Wahrheit sagte. Im Nachhinein ergab es Sinn, besonders da die Quelle der Stimme nicht ins Licht getreten war.

»Ich glaube dir«, sagte er.

Basts Nasenlöcher blähten sich, als er scharf einatmete. »Ihr Duft haftet an dir. Durftest du in ihrer Gegenwart stehen?«

»Ja, das durfte ich.«

»Du genießt eine hohe Ehre. Ich habe sie nie mit eigenen Augen gesehen. Ich habe nur ihre Stimme in meinem Kopf gehört.«

»Du sagtest, ihr wart alle Männer wie ich. Was ist passiert?« Caden wollte mehr über diese Echsenmänner und ihren Zweck erfahren. Wenn Lord D'Lance mehr tat als nur eine Rebellion anzuzetteln, hätte der Hochprinz ein viel größeres Problem.

»Wir waren keine Runenkrieger wie du, aber wir waren loyale Soldaten. Er kam zu uns mit einem Vorschlag, über den er nicht ganz ehrlich war. Nachdem wir zugestimmt hatten, veränderte er uns. Ich wusste es damals nicht, aber er praktiziert dunkle Magie. Das Zeug, das vom Hochprinzen verboten wurde. Er verschmolz uns mit der Energie von Dracheneiern. Wir sind sowohl Mensch als auch Drache. Eine chaotische Existenz. Unsere Meisterin nennt uns Draman.«

»Das ist schrecklich«, sagte Caden. »Warum habt ihr zugestimmt?«

»Das ist der Teil, den Lord D'Lance ausgelassen hat. Er versprach uns Stärke und Macht ohne die Notwendigkeit einer Rune. Er sagte uns nie, *wie* er das bewerkstelligen würde.«

»Was ist mit denen, die ihr angegriffen habt? Sie schienen nicht so intelligent zu sein wie du.«

»Meine Brüder und ich waren unter den ersten, die er verwandelte. Als wir erkannten, was er getan hatte, rebellierten wir und flohen aus dem Schloss. Wir haben uns in den Wäldern versteckt und wachsen langsam, während unsere Meisterin mehr von uns sammelt. Lord D'Lance begann, seine neueren Schöpfungen weniger ... intelligent zu machen.«

»Du sagst immer wieder Brüder. Seid ihr verwandt oder betrachtet ihr euch als Familie?«

»Entschuldige. Das ist der Drachenteil in mir, der spricht. Alle Drachen sind Brüder oder Familie, wenn du so willst. Die verschiedenen Farben verstehen sich nicht gut, aber das ist ein unbedeutendes Problem, wenn es um Ausrottung geht.«

Caden runzelte die Stirn. »Lord D'Lance will die Drachen auslöschen?«

»Nein«, antwortete Bast. »Er will Drachen als seine Sklaven benutzen. Er zwingt sie, sich mit Menschen zu verbinden, während er ihre Eier stiehlt und mehr Soldaten erschafft. Drachen legen nicht viele Eier, und es kann Jahre dauern, bis sie schlüpfen. Wenn er nicht aufgehalten wird, könnte er das Aussterben der Drachen verursachen.«

Du darfst nicht zulassen, dass er Erfolg hat.

Die Stimme hallte in Cadens Kopf wider. Er nickte für sich und stand auf, um zum Bach zu gehen und sich die Hände zu waschen. Aus einem Grund, den er nicht erklären konnte, hatte er ein schreckliches Gefühl in der Magengrube, wenn er daran dachte, dass seine Meisterin sterben könnte. Er wusste nichts über sie, sicher nicht genug, um Besorgnis zu rechtfertigen, und doch fühlte er es so sicher wie das Wasser an seinen Händen. Aber warum?

Darüber würde er nachdenken müssen. Er kehrte zu seinem Platz neben Bast zurück und ließ seine Hände an der Luft trocknen, während er die Aufgabe vor ihnen bedachte. Wenn Bast ihn unbemerkt ins Schloss bringen könnte, war er zuversichtlich, dass das Holen des Steins relativ einfach sein würde.

»Wie viele Männer hast du?«, fragte er.

»Knapp zweihundert.«

Caden blinzelte. Zweihundert Mann ergaben keine große Armee. Trotzdem war es besser als nichts.

»Du siehst enttäuscht aus«, sagte Bast.

»Es ist ein Hindernis, das wir überwinden müssen.«

»Unsere Meisterin sammelt Drachen, die nicht von Lord D'Lance versklavt sind, und sie werden unsere Kräfte erheblich verstärken.«

Caden bezweifelte das nicht, aber wenn ihre Zahl nicht exponentiell wuchs, wäre es eine Selbstmordmission, direkt gegen Lord D'Lances Streitkräfte zu kämpfen. Ihre Situation war verzweifelt, und wenn sich kein Wunder zeigte, wusste er nicht, wie sie erfolgreich sein sollten. Die Präsenz der Stimme flüsterte in seinem Hinterkopf und tröstete ihn.

»Wir brauchen einen Weg, mehr von deinen Brüdern dazu zu bringen, sich uns anzuschließen. Warum desertieren sie?«

»Die Neueren sind nicht so schlau, aber sie wissen trotzdem, dass sie keine natürlichen Schöpfungen sind. Und ich habe gehört, dass er bei ihren Fehlschlägen härter mit seinen Strafen umgeht. Niemand möchte brutal behandelt werden.«

»Vielleicht können wir das zu unserem Vorteil nutzen«, sagte Caden, während die Räder in seinem Kopf sich drehten. »Wenn mehr von ihnen sehen, was er tut, könnten sie sich von ihm lossagen.«

»Ich glaube, du hast Recht«, erwiderte Bast. »Was hast du vor?«

»Es wird riskant sein, aber wir können die neuesten Überläufer zurück zum Schloss schicken. Sie können eine Szene verursachen, etwas, das sie bestraft werden lässt. Wenn ich Lord D'Lance richtig einschätze, wird er sie durch die Straßen führen wollen, bevor er sie öffentlich hinrichtet.«

Basts Augen verengten sich zu Schlitzen. »Er wird sie töten, aber nicht in der Öffentlichkeit. Er lässt uns mit niemandem in Kontakt kommen. Ich wage zu behaupten, dass keiner der Adligen überhaupt weiß, was er tut.«

»Das stellt ein Problem dar. Was ist mit der Patrouille, die mich gefangen hat? Sie waren in der Öffentlichkeit.«

»Er lässt uns frei das Land patrouillieren. Wir tragen sein Emblem nicht, daher kann uns niemand mit ihm in Verbindung bringen, wenn wir gesehen werden.«

»Was, wenn die Überläufer sich zu erkennen geben? Sie zeigen ihre Gesichter und beginnen, allen zu erzählen, was er im Geheimen tut. Dann müsste er handeln.«

»Das ist riskant«, sagte Bast. »Ich werde mit meinen Brüdern sprechen und sehen, ob jemand von ihnen dazu bereit ist.«

Caden nickte. »Gut. Wenn wir Freiwillige haben, dann sollte das funktionieren. Sie können für Aufruhr sorgen und eine Menge anlocken. Wenn Lord D'Lance hereinplatzt und versucht, sie zu töten, werden wir alles aufbieten, was wir haben, um ihn aufzuhalten. Das einzige Problem, das ich voraussehe, ist, dass deine Brüder das Ausmaß seiner Grausamkeit nicht erkennen werden, wenn sie nicht sehen, wie er Gewalt gegen die Überläufer anwendet.«

»Überlass das uns. Wir werden das Gerücht verbreiten, dass etwas Großes bevorsteht. Meine Brüder werden einen Weg finden, es zu beobachten, und wenn sie es tun, sollte es sie dazu bewegen, sich uns anzuschließen.«

»Ich muss vor all dem ins Schloss gelangen. Unser Meister braucht etwas, das er hat, also müssen wir sicherstellen, dass wir es zuerst in Händen haben. Je früher, desto besser.«

»Wir können heute Nacht gehen. Das wird meinen Brüdern Zeit geben, die Risiken abzuwägen, aber ich bin zuversichtlich, dass ich die Antwort schon kenne.«

Caden hatte das Gefühl, dass das, was sie planten, durchaus einen Krieg auslösen könnte. Das war ohnehin das, was Lord

D'Lance wollte, aber würde er es immer noch wollen, wenn er gegen Drachen kämpfen müsste?

7

Minas Finger schmerzten und ihre Hand pochte qualvoll, doch Copper trieb sie weiter an. Der Wind zerrte an ihrer Kleidung, während sie mit gebeugten Knien auf seinem Rücken stand, um sich tief zu halten. Ihre Lippen waren aufgesprungen vom Wind und der Sonne, und ihre Augen waren so trocken, dass sie sie kaum offen halten konnte.

Wann können wir eine Pause machen?

Wenn du das Schwert richtig schwingen kannst, brummte Copper.

Er war nicht hart zu ihr, aber sie war erschöpft und seine Beharrlichkeit irritierte sie. Obwohl sie erst seit ein paar Stunden übten, ließ ihre Energie nach. Ihr Magen fühlte sich hohl an und ihr Hals war ausgedörrt. Wenn sie lange genug leben würde, um etwas zu essen zu bekommen, wäre das kein geringes Wunder.

Sei nicht so dramatisch. Als Reiterin wirst du oft lange Zeit ohne Essen oder Wasser auskommen müssen. Du musst deinen Körper daran gewöhnen, denn die Dinge werden nicht immer reibungslos verlaufen.

Mina knirschte mit den Zähnen gegen den Schmerz und konzentrierte sich auf das Bild, das Copper in ihren Geist schob. Es zeigte Lucius, seinen vorherigen Reiter. Er war in einer geduckten Haltung, das Schwert bereit. Sie war in der gleichen Position, aber während er bequem und geübt aussah, fühlte sie sich unbeholfen. Das Bild wurde lebendig und Mina ahmte Lucius' Bewegungen nach.

Sie drehte ihr Handgelenk und brachte die Klinge nach vorne. Ihr Griff um den Schaft war so fest wie möglich, und das Schwert blieb in ihrer Hand. Eine Welle der Aufregung überkam sie. Sie hatte es geschafft!

Gut, sagte Copper. *Du hast deine Waffe nicht fallen lassen. Lass uns etwas anderes versuchen. Lauf meinen Rücken entlang bis zu meinem Schwanz.*

Warum?

Tu es einfach.

Mina verstärkte ihren Griff um das Schwert und drehte sich langsam um. Die Grate und Stacheln auf seinem Rücken boten ein unebenes Terrain, aber sie erinnerte sich daran, dass sie ihm vertrauen musste. Sie holte tief Luft und sprintete los, ihre Knöchel knickten bei jedem Schritt scharf ein. Als sie seinen Schwanz erreichte, verlangsamte sie ihr Tempo.

Was jetzt?

Weiter!

Sie tat, was Copper sagte. Als sie den dünnsten Teil seines Schwanzes erreichte, ließ er ihn ondulieren und schleuderte sie in die Luft. Ihre Augen weiteten sich, als sie höher stieg, und sie ruderte mit den Armen, wobei sie das Schwert losließ. Die Zeit schien stillzustehen, als sie in der Luft schwebte. Coppers Schwanz verschwand aus ihrem Blickfeld und dann fiel sie. Sie schrie vor Entsetzen, als ihr Magen sich überschlug.

Der Wind peitschte heftig und schleuderte sie, während sie auf den Boden zuraste. Mina schloss die Augen und verfluchte Copper, und fragte sich, warum sie ihm vertraut hatte. Plötzlich wurde ihr Fall gebremst. Die Luft wurde aus ihren Lungen gepresst und sie öffnete die Augen, nach Atem ringend. Sie war auf Coppers Rücken gelandet. Oder besser gesagt, er hatte sie aufgefangen. Instinktiv griff sie nach seinen Schuppen und hielt sich fest. Copper spiralte in weiten Kreisen, während er langsam absank.

Du hast versucht, mich umzubringen!

Ich habe nichts dergleichen getan, erwiderte Copper. *Es war eine Lektion.*

Eine Lektion in Beinahe-Todeserfahrungen?

Der Drache lachte, aber Mina fand die Situation überhaupt nicht lustig.

Ich wollte dir zeigen, was passieren kann, wenn du von meinem Rücken fällst. Ich konnte dich leicht auffangen, aber wenn wir in der Luft kämpfen würden, wäre es fast unmöglich. Jetzt, da du das Gefühl des freien Falls kennst, wirst du dich an die Wichtigkeit erinnern, dein Gleichgewicht zu halten.

Mina dachte, es sei eine unglaublich gefährliche Art, eine so einfache Lektion zu erteilen. Sie schäumte still vor Wut, bis sie landeten, dann sprang sie von seinem Rücken und stapfte über den Sand zum Höhleneingang. Copper folgte ihr nicht, wofür sie dankbar war. Sie erreichte Coppers Kammer ohne größere Schwierigkeiten, zog ihre Rüstung und Kleidung aus und stieg dann in den Wasserbecken.

Nach dem Brennen ihrer Haut zu urteilen, hatte sie einen ordentlichen Sonnenbrand bekommen. Das Wasser kühlte sie ab und sie seufzte erleichtert. Sie war versucht, etwas davon zu trinken, aber sie dachte, dass das keine gute Idee wäre. Wer wusste schon, welche Arten von Keimen unsichtbar darin schwammen, besonders in einer Drachenhöhle.

Sie stieg aus und trocknete an der Luft, dann zog sie ihre Kleidung wieder an. Sie ließ die Rüstung am Boden liegen und ging wieder nach oben. Copper sonnte sich, seine Flügel ausgebreitet.

Ich wollte dich nicht verärgern, sagte er.

Er *hatte* sie verärgert, aber sie zuckte nur mit den Schultern als Antwort. Im Dienst von Lord Klodian hatte sie viele Dinge gelernt, wie zum Beispiel ihre Emotionen zu kontrollieren. Ihre Mauer der Gleichgültigkeit hatte Risse bekommen und ihre Wut war durchgesickert. Schuldgefühle überkamen sie.

Es tut mir leid, dass ich überreagiert habe, sagte sie.

Du hast nicht überreagiert. Es ist natürlich, dass deine Gefühle dich auf solche Weise beeinflussen. Du hattest das Gefühl, dass ich dich in Gefahr gebracht habe. Dein Ärger war gerechtfertigt. Ich werde dich das nächste Mal besser warnen.

Mina starrte ihn einen Moment lang an, bevor sie nickte.

Ich habe Hunger, sagte sie und wechselte das Thema.

Du wirst Essen in deinem Zimmer finden. Zwei Mahlzeiten werden täglich zubereitet.

Nur zwei?

Ja. Menschen sind verschwenderisch in ihrem Konsum. Du wirst nur essen, was notwendig ist.

Was ist mit Wasser?

Coppers Augen glitzerten in der Sonne, als er den Kopf neigte.

Ich werde dir zeigen, wo du trinken kannst. Ich denke, du wirst es ... interessant finden.

Er zog seine Flügel ein und ging an ihr vorbei, den Weg zurück in die Höhle führend. Sie folgten dem Tunnel, der an ihren Kammern vorbeiführte, und gingen weiter. Der Boden neigte sich unter Minas Füßen, und sie konnte spüren, dass sie tiefer in den Untergrund gingen. An einem Punkt verblasste das Licht, das in den Glaswänden flackerte.

Halte dich an meinem Schwanz fest, sagte Copper.

Mina tat wie geheißen und folgte ihm blind. Die Dunkelheit war undurchdringlich, aber trotz ihres Unbehagens hatte sie keine Angst. Sie gingen ein paar hundert Meter, bevor vor ihnen ein schwaches Leuchten erschien. Mina ließ Coppers Schwanz los und bewegte sich neben ihn. Das Licht kam von einem riesigen grünen Stein, der in der Decke steckte. Er war facettiert und glatt.

Was ist das?

Es ist ein Kristall, antwortete Copper. *Wir haben ihn gefunden, als wir unser Zuhause hier bauten.*

Lässt Magie ihn so leuchten?

Nicht alles ist magisch. Er leuchtet von Natur aus.

Der Tunnel öffnete sich zu einem sichelförmigen Vorsprung. Hoch oben, aber unter dem Kristall, fiel ein Wasserfall die linke Wand hinunter und füllte ein großes Becken mit klarer Flüssigkeit.

Dieses Wasser ist sicher für dich zu trinken, sagte Copper. *Es wird durch den Sand und die Steine gefiltert.*

Mina kniete sich an den Rand und schöpfte mit ihren Händen Wasser. Sie brachte sie schnell nach oben und trank. Das Wasser war kalt und erfrischend. Copper wartete geduldig, während sie ihren Durst stillte, und als sie fertig war, gingen sie durch den Tunnel zurück in seine Kammer.

Du kannst jetzt essen, und wenn du bereit bist, üben wir wieder mit dem Schwert.

Ich habe es fallen lassen, als du mich in die Luft geworfen hast, also muss ich es erst finden.

Ich habe die Waffe aufgehoben, als du davongestürmt bist.

Oh. Danke.

Mina verließ Coppers Kammer und ging in ihre eigene. Ein Tablett mit dampfendem Essen wartete auf sie. Als sie sich darüber hermachte, hielt sie inne und fragte sich, wer es zubereitet hatte. Ein schleifendes Geräusch kam aus den Schatten und erschreckte sie. Sie spähte in die Richtung des Geräusches und sah zwei glühende Augen. Copper war nur wenige Meter entfernt, falls sie ihn brauchte, also machte sie sich nicht allzu große Sorgen.

»Wer ist da?«, fragte sie.

»Ich bin's«, antwortete eine sanfte Stimme. Der Ton war leicht, fast musikalisch.

»Wer bist du?«

»Ich. Ich bin's.«

»Komm aus den Schatten heraus, damit ich dich sehen kann.«

Das schleifende Geräusch wiederholte sich, und eine winzige Kreatur trat ins Licht. Sie war ungefähr einen Meter groß, und zuerst dachte Mina, es sei ein Kind. Als sie das Aussehen der Kreatur genauer betrachtete, wurde klar, dass dem nicht so war. Tatsächlich war es nicht einmal menschlich. Es hatte einen blassen Teint, einen kahlen Kopf und spitze Ohren.

Da ist etwas hier drin, teilte Mina Copper mit.

Was ist es?

Ich weiß nicht.

Mina spürte, wie Coppers Präsenz in ihrem Geist intensiver wurde.

Ah. Das ist Areg. Hab keine Angst vor ihm. Er ist harmlos.

»Ich bin's«, wiederholte Areg und zeigte auf sich selbst.

»Dein Name ist Areg?«

Die Kreatur nickte.

»Was machst du in meiner Kammer?«

»Essen bringen. Du essen.«

»Oh. Danke.«

»Ich dir dienen. Wenn brauchen, Seil ziehen.«

Areg zeigte auf den Türrahmen, der in den Flur führte, und Mina erkannte, dass ein Seil von der Decke hing.

»Ich werde dich wissen lassen, wenn ich etwas brauche.«

Areg versuchte sich zu verbeugen, aber es sah eher so aus, als würde er gleich umfallen.

Er richtete sich auf und humpelte dann aus dem Raum.

Was ist Areg? Er läuft auf zwei Beinen, aber ich habe noch nie etwas wie ihn gesehen.

Areg ist ein Elf, antwortete Copper.

Mina hatte schon von ihnen gehört, aber nur in Geschichten. Sie hätte nie gedacht, dass sie wirklich existieren könnten. Mit jeder neuen Sache, die sie lernte, wurde immer deutlicher, dass die Welt der Drachen ganz anders war, als sie es sich je vorgestellt hatte.

8

Der Mond leuchtete am Himmel, als Caden Bast durch den Wald in Richtung Velbridge folgte. Ein paar verirrte Lichtstrahlen durchdrangen das Blätterdach, aber Caden fiel es immer noch schwer, den Weg vor sich zu erkennen. Bast hingegen schritt mit sicheren Schritten voran.

»Du hast gute Augen«, sagte Caden.

»Es gibt einige Vorteile dessen, was Lord D'Lance mit mir gemacht hat, aber sie sind rar.«

»Ich kann immer noch nicht glauben, dass er etwas so Unheiliges getan hat. Nicht böse gemeint.«

»Keine Sorge«, erwiderte Bast. »Manche Tage sind schwerer als andere, aber es ist ein ständiger Kampf zu wissen, wer ich bin. Die Menschlichkeit kämpft gegen den Drachen, und sie finden nie Frieden.«

Caden konnte sich eine solche Existenz nicht vorstellen, und er bewunderte die Stärke des Mannes. Sie wanderten ein paar Stunden, und als sie die Stadtgrenze erreichten, war es schon nach Mitternacht. Bast führte ihn entlang der östlichen Mauer und hielt an einem großen Gitter, das einen Tunnel bedeckte. Ein dünnes Rinnsal von kränklich grünem Wasser floss daraus hervor und in einen Graben, der es von der Stadt wegleitete. Caden rümpfte die Nase.

»Die Kanalisation?«

»Es ist ekelhaft, aber es ist der sicherste Weg in die Stadt, ohne Aufmerksamkeit zu erregen. Wachen patroullieren dort nicht, also werden wir wenig Ärger haben, bis wir wieder an die Oberfläche kommen. Ich brauche deine Hilfe, um das Gitter zu öffnen.«

Zu zweit konnten sie das verrostete Gitter gerade weit genug aufreißen, um hineinzukommen. Es war rechteckig geformt, und der Tunnel war niedrig und eng.

»Wir lassen das offen«, sagte Bast.

»Wird das keine Aufmerksamkeit erregen?«

»Ich denke, das ist unwahrscheinlich. Wir brauchen einen schnellen Fluchtweg, falls etwas schiefgeht. Es gibt zu viele Wachen, um zu riskieren, durch die Haupttore zu gehen.«

Caden gefiel es nicht, aber er hatte keine bessere Idee.

»Wie nah können wir an die Burg herankommen?«

»Es gibt einen Ausgang auf der Westseite, der uns in Lord D'Lances privaten Garten bringt. Von dort aus können wir einen Geheimgang benutzen, um hineinzukommen. Das einzige Problem ist, dass sie wegen der Nähe zu Lord D'Lances persönlichen Gemächern den Ort normalerweise mit Soldaten vollstopfen. Wir müssen vorsichtig sein, um sicherzustellen, dass wir nicht erwischt werden.«

»Wenn wir so nah an seine Gemächer herankommen können, warum schleichen wir uns nicht einfach rein und töten ihn im Schlaf?«

»Das wäre nicht klug«, sagte Bast. »Unsere Herrin wünscht, sein Blut selbst zu vergießen.«

Caden erinnerte sich, dass sie ihm gesagt hatte, Lord D'Lance nicht anzurühren. Er nickte. »Wir werden eine Fackel brauchen.«

»Nein, werden wir nicht. Ich kann im dunkelsten Raum so klar sehen wie am Tag. Folge mir einfach.«

Bast trat in den Tunnel, und Caden folgte ihm. Ein paar Schritte weiter war die

Dunkelheit absolut. Cadens Schritte waren zögerlich, also ergriff Bast seine Hand und zog ihn mit. Es war ihm unangenehm, Händchen mit dem Draman zu halten, aber er schob das Gefühl beiseite. Sie hatten eine Aufgabe zu erledigen, und er würde nicht zulassen, dass ein kleines Unbehagen ihm im Weg stand.

Caden nahm an, dass die Kanalisation ein ruhiger Ort wäre, aber das war weit von der Wahrheit entfernt. Das Geräusch von fließendem Wasser und huschenden Kreaturen hallte von den Wänden wider. Jedes Mal, wenn sie durch eine Pfütze platschten, war er froh, dass er Stiefel trug. Der Gedanke, dass dieses Wasser ihn berühren könnte, ließ seine Haut vor Abscheu kribbeln.

Die Kanaltunnel waren ein verwirrendes Labyrinth und erinnerten ihn an das Innere von Lord Klodians Burg, aber es dauerte nicht lange, bis sie anhielten. Über ihnen schien schwaches Licht durch ein kreisförmiges Gitter.

»Es gibt Sprossen in der Wand«, sagte Bast und führte Cadens Hand zu einer. »Sie sind rutschig, also klettere langsam. Ich gehe zuerst hoch, um sicherzugehen, dass die Luft rein ist.«

Bast stieg schnell hinauf. Im schwachen Licht sah es für Caden so aus, als würde der Draman die Wand selbst hinaufklettern, anstatt die Metallsprossen zu benutzen. Er erreichte die Spitze und schob das Gitter beiseite, dann steckte er den Kopf ins Freie.

»Alles klar«, flüsterte er.

Caden machte sich langsam auf den Weg nach oben. Kondenswasser hatte sich auf den Sprossen gesammelt und machte sie glitschig, und er musste sehr sorgfältig darauf achten, wie er seine Hände und Füße platzierte. Bast hatte den Tunnel bereits verlassen, als Caden die Spitze erreichte.

»Hier rüber.« Bast winkte.

Caden entdeckte den Draman, der sich in einigen hohen Büschen versteckte, die an der Burg standen. Er warf einen Blick über den Garten und sah keine Wachen, also kletterte er heraus und eilte zu Basts Versteck.

»Tritt leise auf und versuche, die Büsche nicht zu bewegen.«

Bast drückte seinen Rücken gegen das Mauerwerk und begann, sich seitwärts durch den schmalen Raum zwischen dem Gebüsch und der Burg zu bewegen. Caden tat das Gleiche und gab sein Bestes, geräuschlos zu schleichen, aber es war schwierig, weil lose Steine den Boden bedeckten. Es schien eine

Ewigkeit zu dauern, aber schließlich hob Bast seine linke Hand und legte einen Finger seiner rechten an die Lippen.

»Zwei Wachen«, murmelte er. »Sie stehen vor dem Eingang.«

»Wissen sie, dass er da ist?«

»Ich glaube nicht. Wir brauchen einen Weg, sie zum Gehen zu bringen.«

»Ich hab eine Idee«, sagte Caden.

Er kniete sich hin und tastete blind mit seiner Hand, bis er fand, wonach er suchte: einen handgroßen Stein. Er warf ihn durch den Busch nach oben, und einen Moment später polterte er in der Ferne.

»Was war das?«, fragte einer der Soldaten.

»Woher soll ich das wissen? Ich bin dran mit Würfeln, also geh nachsehen. Es ist wahrscheinlich nur ein Vieh.«

Der erste Soldat brummte und ging in die Richtung von Cadens Stein. Der andere saß auf dem Boden vor einem kleinen hölzernen Quadrat. Hinter ihm hing eine Laterne an einem Pfosten und bot ein wenig Licht zum Sehen. Der Soldat hielt seine Hand über das Brett und ließ zwei Würfel darauf fallen. Er fluchte leise und sah sich nach seinem Kameraden um, dann drehte er die Würfel um und grinste.

»Wir müssen beide loswerden«, flüsterte Bast.

Bevor Caden antworten konnte, kehrte der andere Wachmann zurück.

»Ich hab nichts gesehen. Hey! Was soll das denn? Du kannst unmöglich einen Doppelsechser gewürfelt haben. Schummelst du?«

»Ich hab in meinem Leben noch nie geschummelt«, stammelte der andere Wachmann.

»Das bezweifle ich!«

»Nennst du mich einen Lügner?«

»Na ja, ich nenn dich jedenfalls keinen Wahrheitsredner. Würfel nochmal, während ich zusehe.«

»Bah! Na gut.«

Er nahm die Würfel wieder auf und warf sie erneut. Diesmal würfelte er tatsächlich zwei Sechsen.

»Ha! Siehst du? Ich hab nicht gelogen.«

»Wir haben keine Zeit für so was«, sagte Caden.

Bast starrte ihn an. »Wir können sie töten, aber dann müssen wir ihre Leichen verstecken.«

Caden dachte einen Moment über diese Option nach und seufzte. »Nein. Ich will keine unschuldigen Männer töten. Sie wissen wahrscheinlich nichts von dem, was Lord D'Lance treibt.«

»Was dann?«

»Hörst du das?«, fragte der erste Wächter.

»Was denn?«

Beide verstummten, und Caden und Bast wagten kaum zu atmen.

»Ich hör nix. Verlierst du jetzt auch noch den Verstand?«

Bast deutete Caden, sich nicht zu bewegen, und schlich sich durch die Büsche, bis er hinter dem am Boden sitzenden Soldaten war. Caden hatte keine Ahnung, was der Mann vorhatte, aber er hoffte, dass er keinen von beiden töten würde. Bast raschelte in den Büschen, und der zweite Soldat spähte misstrauisch in die Schatten.

»Da ist was drin.«

»Wo?«

»Hinter dir.«

Der Wächter stand auf und drehte sich um. Er nahm die Laterne vom Pfosten und hielt sie vor sich, um in die Büsche zu leuchten. Bast hielt sich mucksmäuschenstill, und keiner der Soldaten sah ihn.

»Muss der Wind sein«, sagte der Soldat. Er drehte sich wieder um, und Bast machte seinen Zug. Er stürmte nach vorn und schlang seinen Arm um den Hals des Soldaten, um ihn in einen Würgegriff zu nehmen. Das Gesicht des anderen Soldaten wurde bleich, aber er zog sein Schwert und machte einen Schritt auf Bast zu.

»Lass ihn los, oder ich spieß dich auf!«

Caden schlich aus den Büschen und bewegte sich lautlos hinter den Mann. Bast entblößte seine Zähne zu einem alptraumhaften Grinsen und ließ den Wächter los, der bewusstlos zu Boden sackte.

»Du hast ihn umgebracht! Dämonenbrut!«

Caden trat dem Soldaten in die Kniekehle des rechten Beins, sodass er einknickte. Er ging zu Boden, und Caden legte seine Hand über den Mund des Mannes und drückte ihm die Nase zu. Der Mann kämpfte, um freizukommen, aber Bast nahm sein Schwert und presste die Spitze an seine Kehle.

»Halt still«, sagte er.

Die Laterne war zu Boden gefallen, und das Licht, das sie warf, schien auf Basts Gesicht. Der Wächter hörte auf zu kämpfen, und einen Moment später legte Caden ihn auf den Boden.

»Sie werden nicht lange bewusstlos sein«, sagte er.

»Dann sollten wir uns beeilen. Wo ist der Gegenstand, den du suchst?«

»Ich bin mir nicht sicher, aber ich weiß, wo wir zuerst nachsehen können.«

9

Mina.

Ihre Augen öffneten sich einen Spalt. Hatte jemand ihren Namen gerufen? Sie wartete einen Moment, hörte aber nichts. Es musste einer der Diener gewesen sein. Ihre Augenlider senkten sich langsam wieder und sie war kurz davor, zurück in den Schlaf zu gleiten, als sie es erneut hörte.

Mina rieb sich den Schlaf aus den Augen und setzte sich auf, während sie sich im Zimmer umsah. Sie runzelte verwirrt die Stirn. Das war nicht ihr Zimmer. Wo war sie? Und dann kam alles wie ein Blitz zurück.

Copper?

Zieh deine Rüstung an und triff mich im Flur.

Sie runzelte die Stirn, da sie sich nicht erinnern konnte, wie sie eingeschlafen war. Andererseits hatte der Drache sie bis zur

Erschöpfung getrieben. Mina schlüpfte benommen aus dem Bett und wollte gerade ihre Rüstung aus Coppers Kammer holen, als sie sah, dass sie auf der Schneiderpuppe neben ihrem Kleiderschrank hing. Sie hielt inne, während ihr müder Verstand versuchte, sich zu erinnern, wann sie sie in ihr Zimmer gebracht hatte.

Achselzuckend zog sie die Rüstung über ihre Kleidung an, schnallte ihren Schwertgürtel um die Taille und trat in den Flur, wo Copper wartete.

Ich bin wach, sagte sie und unterdrückte ein Gähnen. *Na ja, größtenteils.*

Copper lachte. *Du bist früh eingeschlafen. Ich bin überrascht, dass du so lange geschlafen hast. Ich wäre besorgt gewesen, aber dein Geist war noch präsent.*

Ich habe schon lange nicht mehr so hart gearbeitet.

Heute wird es nicht einfacher. Wie gut bist du mit einem Bogen?

Ich habe noch nie einen benutzt, gab Mina zu.

Dann lernst du es heute. Ein effektiver Reiter muss mehr als nur ein Schwert führen können.

Sollte ich nicht erst eine Waffe meistern, bevor ich eine andere lerne?

In einer idealen Situation ja, aber die Zeit spielt nicht für uns. Du musst viele Dinge schnell lernen.

Sie wusste, dass er Recht hatte, aber sie fühlte sich nicht zuversichtlich in ihrer Fähigkeit, das Nötige zu lernen.

Komm, forderte Copper sie auf.

Sie gingen nach oben und Mina bemerkte, dass die Sonne noch nicht ganz aufgegangen war. Die Morgenluft war kühl, und sie zitterte, während sie ihre Hände an ihren Oberarmen rieb. Areg war da und hielt einen Bogen und einen Köcher mit Pfeilen. In der Wüstenlandschaft um sie herum standen zahlreiche Schneiderpuppen.

Wir werden an den Zielen vorbeifliegen und du wirst versuchen, sie mit einem Pfeil zu treffen. Bist du bereit?

Mina rieb sich die Augen, noch nicht ganz wach. *Ich denke schon.*

»Hier nehmen.«

Areg hielt ihr den Bogen hin und sie nahm ihn. Das Holz hatte eine helle Honigfarbe und fühlte sich glatt an. Der Elf reichte ihr als Nächstes den Köcher, und sie bemerkte, dass an jedem Pfeil ein dünnes rotes Band befestigt war.

Wofür sind die da? fragte sie.

Falls du daneben schießt. So sind sie leichter zu finden. Da du von meinem Rücken aus schießt, wird der Riemen des Köchers quer über deine Brust gehen. Wenn du zu Fuß bist, geht er um deine Taille.

Was ist der Unterschied?

Pfeile aus dem Köcher auf deinem Rücken zu ziehen ist umständlich und nur beim Reiten geeignet. Es ist einfacher und schneller, sie von deiner Taille zu ziehen, wenn du zu Fuß bist. Und wenn du keine festen Lederstiefel trägst, solltest du barfuß schießen, sonst hast du keinen festen Stand.

Ich werde mir das irgendwie alles merken, klagte Mina.

Meisterschaft kommt mit der Zeit. Für den Moment musst du nur die Grundlagen kennen. Steig auf.

Mina streifte sich den Köcherriemen über den Kopf und passte ihn über ihrer Brust an, dann kletterte sie auf Coppers Rücken. Sie machte sich bereit, als er seine Flügel ausstreckte und in die Luft sprang, schnell aufsteigend. Er flog eine gute Strecke von dem Bereich weg, wo die Ziele waren, bevor er umdrehte und langsam bis auf etwa drei Meter über dem Boden sank, dann flog er waagerecht weiter.

Mach deinen Bogen bereit, sagte er und projizierte ein Bild von Lucius in ihren Geist.

Sie zog einen Pfeil aus dem Köcher und hätte ihn fast fallen lassen, als sie versuchte, das Ende auf die Bogensehne zu legen. Copper glitt mühelos über die Landschaft, aber der Wind drückte gegen sie und machte sie unsicher. Sie näherten sich dem ersten Ziel. Sie zielte und schoss. Der Pfeil flog ein paar Meter vorwärts und wurde dann in die entgegengesetzte Richtung weggeweht.

Du musst die Sehne härter zurückziehen. Mehr Spannung.

Mina griff nach einem weiteren Pfeil, aber bevor sie ihn auf die Sehne legen konnte, war das nächste Ziel schon vorbei.

Zu langsam! brummte Copper.

Ich versuche es, erwiderte Mina.

Sie erblickte das dritte Ziel und zielte erneut. Als es nur noch wenige Meter entfernt war, ließ sie die Sehne los. Der Pfeil flog geradeaus und traf die Schneiderpuppe im Bein.

Ich hab's geschafft! rief Mina aufgeregt.

Copper blieb still, aber sie konnte Zitrone und Nelke von ihm riechen. Als die restlichen Ziele kamen und gingen, schoss sie so gut sie konnte weitere Pfeile ab, verfehlte aber alle

Schüsse. Copper landete in der Nähe von Areg und Mina sprang auf den Boden.

Hol die Pfeile zurück.

Mina joggte über den Sand zu jedem Ziel und sammelte die Geschosse ein, dann kehrte sie keuchend zurück.

Areg wird dir zeigen, wie man genau schießt.

Mina sah den Elfen an und er nahm ihr den Bogen ab, zusammen mit einem Pfeil.

»Zusehen.«

In einer fließenden Bewegung legte er den Pfeil an, zielte und ließ den Schaft fliegen. Er sauste durch die Luft und traf eines der am weitesten entfernten Ziele.

»Gehen holen«, sagte Areg.

Mina tat, wie er verlangte, und sah, dass er die Schneiderpuppe genau in der Mitte getroffen hatte. Ihre Augen weiteten sich vor Überraschung. Areg war so ... klein. Wie hatte er den Pfeil so weit geschossen? Sie zog den Pfeil heraus und ging zurück zu dem Elfen.

»Wie hast du das gemacht?« fragte sie.

Areg lächelte. »Ich schon machen vorher.«

»Was meinst du damit?«

Der Elf schüttelte den Kopf und gab ihr den Bogen zurück. Er deutete auf sie, und sie legte den Pfeil auf die Sehne, dann sah sie ihn erwartungsvoll an.

»Was jetzt?«

»Knien.«

Sie tat es, und Areg schlug ihr auf den Ellbogen.

»Dreh«, sagte er, legte dann seine Hand über ihre und platzierte seinen Zeige-, Mittel- und Ringfinger auf der Sehne, wobei er den Pfeil zwischen Zeige- und Mittelfinger hielt.

»Hier bleiben. Nicht drücken.«

»Den Pfeil nicht drücken. Verstanden.«

Copper projizierte ein weiteres Bild von Lucius in ihren Geist, und sie ahmte seine Haltung nach. Sie zog den Pfeil bis zu einem bequemen Punkt an ihrem Gesicht zurück, zum Mundwinkel.

»Fokussieren«, sagte Areg. »Klein.«

»Ich verstehe nicht.«

Konzentrier dich auf etwas Kleines, erklärte Copper. *Ein Makel oder etwas Bestimmtes auf dem Ziel. Je kleiner, desto besser. Behalte es im Auge, bis alles andere verschwimmt, dann entspanne deine Finger und lass die Sehne an ihnen vorbeigleiten.*

Mina folgte den Anweisungen und konzentrierte sich auf einen seltsamen Farbfleck auf dem Hemd der Puppe. Sie ließ die Sehne los und der Pfeil traf das Ziel genau dort, wo sie gezielt hatte. Areg klatschte und Copper verströmte wieder Zitrone und Nelke.

Sehr gut. Jetzt versuche, von hier aus jedes Ziel zu treffen.

Sie wusste, dass es nicht möglich war, versuchte es aber trotzdem. Zwei Pfeile trafen, der Rest ging weit daneben.

Das war unmöglich.

Vielleicht, aber du hast gelernt, wie man zielt. Lass uns es nochmal aus der Luft versuchen. Du bekommst kein Frühstück, bis du alle Ziele auf einmal triffst.

Mina sammelte die verirrten Geschosse ein und kletterte auf Coppers Rücken. Er flog wieder an den Zielen vorbei, und diesmal traf sie kein einziges. Er landete, damit sie die Pfeile wieder einsammeln konnte, und sie stapfte zu ihm zurück.

Lass uns nochmal gehen, schnaubte sie.

10

Caden kannte sich im Inneren des Schlosses nicht besonders gut aus, vor allem nicht im Dunkeln. Er beschrieb die Tür, die er zuvor gesehen hatte, und Bast führte ihn durch die Gänge. Sie begegneten einigen Soldaten, die ihre Runden drehten, und mussten sich in einen dunklen Türrahmen ducken, um nicht gesehen zu werden. Nachdem die Wachen vorbeigegangen waren, setzten sie ihren Weg fort, bis sie einen leeren Gang erreichten.

»Das ist es«, sagte Caden. »Es ist die Tür am Ende.«

»Ich kenne diesen Ort«, erwiderte Bast. »Ich glaube, hier fand meine Verwandlung statt.«

»Du bist dir nicht sicher?«

»Ich war immer wieder bewusstlos, aber dieser Bereich kommt mir bekannt vor. Ich habe keine Erinnerung daran vor diesem Zeitpunkt.«

Caden ging zur Tür und versuchte den Griff, aber genau wie zuvor war sie verschlossen.

»Du erinnerst dich nicht zufällig an einen Schlüssel, oder?«

»Nein.«

Konnte denn nie etwas einfach sein? Caden runzelte die Stirn, während er die Tür anstarrte. Sie könnten versuchen, nach einem Schlüssel zu suchen, aber die Chancen, einen zu finden, waren so gering, dass es die Mühe nicht wert schien. Es war unmöglich zu wissen, ob einer der Wachen einen Schlüssel hatte, und wenn ja, wer?

»Geh zur Seite«, sagte Bast. »Hoffentlich ist das nicht zu laut.«

Caden trat beiseite. Bast nahm eine Position vor der Tür ein und legte seine Schulter dagegen. Er packte den Griff und riss daran. Er brach ab, und Bast warf ihn beiseite. Er klapperte über den Boden und kam rutschend zum Stillstand.

»Das lief nicht wie erwartet«, sagte Bast. Er drückte gegen die Tür, aber sie bewegte sich nicht.

»Wie hast du den Griff abgebrochen?«

»Das war nicht meine Absicht.«

»Nein, ich meine, *wie* hast du das gemacht? Er ist aus Metall.«

»Die Verschmelzung mit dem Drachenei hat meine Kraft gesteigert. Manchmal wende ich zu viel Kraft an.«

»Kannst du die Tür aufbrechen?«

»Ja, aber das könnte die Wachen auf uns aufmerksam machen.«

Caden wusste, dass er Recht hatte, aber sie hatten wenig Zeit. »Tu es.«

Bast ging ein paar Schritte zurück und trat gegen die Tür. Das Holz, wo der Griff gewesen war, splitterte, und der Rest der Tür flog nach innen und knallte laut gegen etwas im Inneren. Sie eilten in den Raum, und Caden erstarrte bei dem, was er sah.

Auf einem Tisch lag ein Körper. Die obere Hälfte war menschlich, aber von der Taille abwärts hatte er Schuppen wie Bast. Seltsame Utensilien lagen daneben, einschließlich einer Phiole mit schwarzer Flüssigkeit. Der menschliche Teil hatte blasse Haut und ein eingefallenes Gesicht. Es war offensichtlich, dass die Person tot war.

»Dieser hier hat den Prozess nicht überlebt«, sagte Bast, der neben ihm stand.

»Was führt dazu, dass sie sterben?«

»Lord D'Lance hat die dunkle Magie, die er verwendet, noch nicht vollständig gemeistert, und Drachen sind mächtig, selbst als ungeschlüpftes Ei. Wenn der Drache sich wehrt, wird der Zauber gestört und kann die beteiligte Person töten. Ich habe gesehen, wie einige das Scheitern überlebten, aber sie starben innerhalb von ein paar Tagen.«

»Er ist ein größeres Monster, als ich dachte.«

»Er hat viele getäuscht, aber jetzt ist nicht die Zeit, darüber zu diskutieren. Wonach suchen wir?«

»Ein Edelstein«, antwortete Caden.

»Welche Art?«

Das Bild eines hellgrünen Jadeits formte sich in Cadens Geist. Er konnte spüren, dass es von seiner Meisterin kam, und es beeindruckte ihn, dass sie trotz ihrer Entfernung noch mit ihm kommunizieren konnte.

»Er ist grün, aber nicht wie ein Smaragd. Er sieht trübe aus.«

»Ich erinnere mich nicht, so etwas gesehen zu haben, aber wie gesagt, meine Erinnerungen an die Verwandlung sind nicht zusammenhängend.«

»Du durchsuchst diesen Raum. Ich sehe in dem dort nach.«

Er zeigte auf den Durchgang am anderen Ende des Raumes. Bast begann seine Suche, und Caden ging in den anderen Raum. Drinnen befanden sich ein Dutzend Tische mit der gleichen grausigen Szene. Halb verwandelte Körper lagen ausgebreitet, ihr Fleisch in den Anfangsstadien des Verfalls. Caden kniff sich die Nase gegen den Gestank zu und sah sich um.

An der Rückwand stand ein langer Tisch mit Dracheneiern. Zumindest nahm er an, dass es welche waren. Er ging hinüber und inspizierte sie. Sie variierten in Größe und Farbe, aber sie waren alle mit einem dunklen Rotton bedeckt, ähnlich wie Rost. Er wagte es nicht, sie zu berühren. Abgesehen von den Leichen gab es nicht viel anderes zu sehen, also kehrte er in den Raum zurück, in dem Bast war. Der Draman betrachtete die Leiche auf dem Tisch genau.

»Irgendein Anzeichen von dem Stein?«

»Nein«, antwortete Bast. »Aber diese Leiche sieht anders aus als die anderen, die ich gesehen habe. Ich glaube, Lord D'Lance experimentiert.«

»Da drinnen sind Eier mit einer Art rotem Staub darauf.«

Basts Reptilienaugen verengten sich zu Schlitzen, und er knurrte. »Er hat etwas vor.«

»Damit können wir uns später befassen. Jetzt müssen wir den Stein finden, und er scheint nicht hier zu sein.«

»Was macht dieser Stein?«

»Unsere Meisterin sagte, dass Lord D'Lance ihn benutzt, um sie im Berg gefangen zu halten. Sie will, dass ich ihn finde und zerstöre.«

»Wenn er für ihn wertvoll ist, wird er ihn in seiner Nähe aufbewahren. Er hat ihn wahrscheinlich in seinen persönlichen Gemächern«, sagte Bast.

»Wir können nicht ohne ihn gehen.«

Die beiden tauschten Blicke aus.

»Wenn die Meisterin ihn braucht, dann werden wir ihn holen. Bist du bereit zu sterben, wenn es dazu kommt?«

»Ich werde tun, was nötig ist«, erwiderte Caden.

»Folge mir.«

Bast übernahm wieder die Führung und sie gingen den Weg zurück, den sie gekommen waren. Anstatt durch den geheimen Gang zurückzugehen, bogen sie rechts ab und landeten in einer großen Kammer, die der Coterie ähnelte. Ein plüschiger Teppich lag in der Mitte des Raumes und Bänke säumten die Wände. Der Raum war dunkel, abgesehen vom kargen Mondlicht, das durch die Fenster strömte. Eine einzelne Tür bot den einzigen Weg nach vorn, aber als sie sich ihr näherten, trat ein Wachmann aus den Schatten, um sie abzufangen.

»Was macht ihr zwei hier?«

»Entschuldigung, Sir. Wir haben dringende Nachrichten für Lord D'Lance«, sagte Bast.

»Ihr könnt mir sagen, worum es geht, und ich werde ihn persönlich informieren.«

»Ich fürchte, es ist nur für seine Ohren bestimmt, Sir.«

»Dann fürchte ich, es wird bis zum Morgen warten müssen-« Seine Worte verwandelten sich in ein Gurgeln und Bast zog einen Dolch aus dem Hals des Wachmanns. Der Mann griff nach der Wunde und brach auf dem Boden zusammen.

»Es tut mir leid«, sagte Bast und wandte sich Caden zu. »Ich weiß, du hast gesagt, dass du niemanden töten wolltest, aber dieser hier hat es verdient. Er ist genauso grausam wie Lord D'Lance.«

Caden sagte nichts. Er stieg über die Leiche und öffnete die Tür. Sie schwang lautlos auf, und das Erste, was er sah, war ein riesiges Bett. Durchsichtige Vorhänge umhüllten das gesamte Bett. Caden schlich in den Raum und durchsuchte schnell die

Schubladen einer kunstvollen Kommode. Bast ging zum Schreibtisch auf der anderen Seite des Zimmers, und nach ein paar Minuten des Suchens gesellte er sich zu Caden.

»Nichts«, flüsterte er.

»Verdammt sei unser Glück«, erwiderte Caden. »Es muss hier irgendwo sein.«

Er sah einen Beistelltisch neben dem Bett und eilte hinüber, aber er war leer. Lord D'Lance lag im Bett, sein Atem war rhythmisch und gleichmäßig. Caden legte seine Hand auf den Griff seines Schwertes. Es wäre so einfach, das Leben des Tyrannen zu beenden. Er wollte es, und tief im Inneren wusste er, dass er es tun sollte, aber die unsichtbare Präsenz seines Meisters hielt ihn zurück.

Sein Leben gehört mir. Deine Aufgabe ist es, den Stein zu finden.

Vergib meine Schwäche.

Caden wollte gerade weiter das Zimmer durchsuchen, als er eine silberne Kette um Lord D'Lances Hals sah. Er schob den Vorhang beiseite, beugte sich näher heran und sah den Edelstein. Er war in einem Anhänger eingefasst, der an der Kette befestigt war.

»Ich hab's gefunden«, flüsterte er und sah Bast an.

»Nimm es und lass uns verschwinden.«

Caden konnte den Verschluss nicht sehen, was bedeutete, dass er entweder die Kette herausreißen oder den Edelstein aus dem Anhänger holen musste. Angesichts der Situation war keine der beiden Optionen ideal.

»Mach dich bereit zu rennen.«

Caden hob die Kette vorsichtig gerade so weit an, um einen festen Griff zu bekommen, dann riss er sie heraus. Lord D'Lances Augen öffneten sich und er setzte sich auf. Er blickte von Caden zum Anhänger, und seine Stirn runzelte sich.

»Los, komm!«, rief Bast.

Caden drehte sich um, um zu fliehen, aber seine Beine bewegten sich nicht. Er sah Lord D'Lance an und erkannte, dass der Mann ihn verzaubert hatte. Seine Hand war zu einer Faust geballt, und er murmelte etwas vor sich hin.

»Ich kann mich nicht bewegen!«

Bast eilte herbei und versuchte, ihn wegzuziehen, aber seine Beine blieben wie verwurzelt stehen. Der Draman sprang auf das Bett und schlug Lord D'Lance ins Gesicht, wodurch dessen Konzentration auf den

Zauber gebrochen wurde. Caden taumelte ein paar Schritte vorwärts, wurde dann aber zu Boden geworfen, als Bast in ihn hineinprallte. Beide stöhnten vor Schmerz und versuchten, sich zu entwirren.

»Wachen!«

Caden ging auf alle viere und kroch zur Tür, aber eine unsichtbare Kraft schlug sie zu. Er rappelte sich auf und suchte nach einem anderen Ausweg. Lord D'Lance war aus seinem Bett, sein Gesicht vor Wut verzerrt. Er machte eine Handbewegung, und der Anhänger wurde Caden aus der Hand gerissen. Er flog quer durch den Raum, und Lord D'Lance fing ihn aus der Luft.

»Sag diesem winselnden Drachen, dass sie in diesem Berg verrotten wird. Sie wird nie wieder frei sein.«

»Sie wird frei sein«, schrie Bast. »Und sie wird dich zu Asche verbrennen!«

Die Tür flog auf, und bewaffnete Wachen strömten in den Raum. Caden und Bast zogen sich zum Fenster zurück.

»Tötet sie«, befahl Lord D'Lance.

Die Wachen zogen ihre Schwerter und stürmten auf sie zu. Bast packte Caden und schirmte ihn mit seinem Körper ab, als er durch das Fensterglas auf einen Balkon krachte, der den Garten überblickte.

»Beug die Knie und roll dich ab«, sagte Bast und warf Caden über die Kante.

Caden landete auf den Füßen und nutzte seinen Schwung, um nach vorne zu springen und sich in ein Blumenbeet abzurollen. Er stand schnell auf und sprintete zum Eingang der Kanalisation, Bast dicht hinter ihm. Sie erreichten das Loch und kletterten in die Kanalisation hinab, in die Nacht entfliehend.

11

Mina war lange vor Tagesanbruch wach. Sie lief unruhig in ihrer Kammer auf und ab und strich sich immer wieder über die Vorderseite ihrer Rüstung, als wolle sie sie glattstreichen. Ihre Nerven waren zum Zerreißen gespannt. Dieser Tag war wahrscheinlich der wichtigste, auf den sie je gewartet hatte. Die letzten zwei Wochen des Trainings waren anstrengend, ja sogar miserabel gewesen. Es fühlte sich an, als seien Monate vergangen.

Aber es war vorbei.

Fast.

Sie atmete tief durch und lief weiter auf und ab. Copper berichtete der Enklave gerade von seiner Zeit mit ihr, und nach deren Zustimmung würden sie sie testen, um zu beweisen, ob sie eine fähige Kriegerin war.

Eine Kriegerin.

Mina hätte fast gelacht. Ihr Leben war jetzt so fremd. Sie war von der Position einer Sklavin zu einer Höhe aufgestiegen, von der sie nie geträumt hatte.

Copper hatte sie über das hinausgetrieben, was sie für möglich gehalten hatte. Jeden Tag stand sie vor Sonnenaufgang auf und übte mit dem Schwert, dann mit dem Bogen, dann wieder mit dem Schwert. Sie hatte keine Zeit zum Entspannen, kaum persönliche Zeit, um über ihr Tun nachzudenken. Jetzt, da sie ein wenig Freizeit hatte, wusste sie nicht, was sie mit sich anfangen sollte. Und so lief sie auf und ab, ihre Gedanken voller Aufruhr.

Was würde passieren, wenn sie versagte? Krieg, offensichtlich. Aber was war mit ihr? Wie sah ihr Schicksal aus? Noch beängstigender, was hielt ihre Zukunft bereit, wenn sie Erfolg hatte?

Du grübelst über Dinge nach, die du nicht kontrollieren kannst, sagte Copper, seine Stimme drang in ihren Geist ein.

Ich kann nicht anders. Was hat die Enklave gesagt?

Sie wollen sehen, was du gelernt hast. Nimm dein Schwert und komm mit mir.

Minas Schwert war bereits um ihre Hüfte gegürtet, also trat sie in den Flur. Copper betrachtete sie schweigend.

Was beunruhigt dich? fragte er.

Ich habe Angst zu versagen.

Fürchte dich nicht vor dem Scheitern. Es ist ein Feuer, das dich läutert. Gib alles, was du hast, in diesen Prüfungen. Ob du scheiterst oder Erfolg hast, du hast deine Pflicht erfüllt, indem du es versucht hast.

Ich werde mein Bestes geben, schwor Mina.

Sie gingen nach oben, wo die Enklave auf sie wartete, sowie eine Schar anderer Drachen. Mina stockte der Atem. Es waren so viele, und sie hatten alle unterschiedliche Farben. Ihre glänzenden Schuppen glitzerten in der Sonne und erzeugten eine Vielzahl winziger Regenbogen.

Warum sind sie alle hier draußen?

Du bist der erste Reiter seit tausend Jahren, antwortete Copper. *Es ist ein bedeutsames Ereignis.*

Das unsichtbare Gewicht ihrer Beurteilung und Erwartungen fiel plötzlich auf ihre Schultern. Sie hatte nicht mit so vielen Zeugen gerechnet. Dennoch waren ihr die Einsätze klar bewusst. Sie schob die Zweifel beiseite und ging mit so viel Selbstvertrauen, wie sie aufbringen konnte.

Mina, tritt vor und knie nieder vor der Enklave.

Es war der silberne Drache, derjenige, der ihren Geist sondiert hatte, als sie zum ersten Mal angekommen war. Mina verließ Coppers Seite und näherte sich der Gruppe der Anführer, dann kniete sie sich in den Sand.

Heute werden wir sehen, was du gelernt hast. Gib dein Bestes. Nicht nur, um uns zu überzeugen, sondern weil du ein Reiter bist. Wir befinden uns in einer einzigartigen Lage, und ich vertraue darauf, dass es einen Grund für die Verbindung zwischen euch beiden gibt. Enttäusche uns nicht.

Ja, Tiarna.

Ein Beben erschütterte den Sand unter ihren Füßen, und Mina blickte zu den Mitgliedern der Enklave. Die Drachen sahen einander an, und sie konnte Vanille von ihnen riechen. Sie rümpfte die Nase.

Bereite dich auf deine Prüfungen vor.

Mina senkte kurz den Kopf und erhob sich, kehrte an Coppers Seite zurück. Areg reichte ihr einen Bogen und einen Köcher mit Pfeilen. Sie streifte beides über ihre Schulter und kletterte Coppers Vorderbein hinauf und auf seinen Rücken.

Hast du das eben gespürt? fragte sie.

Ja.

Was war das?

Ich weiß es nicht.

Ich habe Vanille bei den Ältesten gerochen. Was bedeutet das?

Kannst du wirklich unsere Emotionen riechen?

Ja, antwortete Mina.

Du bist einer der wenigen Menschen, die dazu in der Lage sind. Ich weiß nicht, warum du diese Fähigkeit hast, aber es wird helfen, eine stärkere Bindung zwischen uns zu schaffen. Unsere Emotionen setzen Pheromone für andere Drachen frei, ähnlich wie das Pheromon, das uns erlaubt, einander zu lokalisieren. In diesem Fall wirst du nicht von Angst überwältigt, sondern kannst unsere Emotionen riechen.

Mina runzelte die Stirn.

Welche Emotion ist Vanille?

Neugier.

Also sind die Ältesten neugierig wegen des Erdbebens?

Möglicherweise, oder sie sind neugierig auf dich. Wenn du das Objekt ihrer Emotion nicht entschlüsseln kannst, wirst du es nie wissen.

Kannst du es mir nicht sagen?

Ich könnte, aber ich werde es nicht tun.

Warum nicht?

Du musst dich auf die Prüfungen konzentrieren, die vor dir liegen. Mach dir jetzt keine Gedanken darüber.

Mina seufzte. *Na gut.*

Der silberne Drache nickte, und Copper sprang in die Luft. Die Stimme des silbernen Drachen drang in ihren Geist.

Deine erste Prüfung ist Bogenschießen. Du musst jedes Ziel treffen.

Mina nahm den Bogen ab und griff nach einem Pfeil, machte sich bereit. Als Copper an Höhe gewann und der Boden unter ihnen in die Ferne rückte, fragte sie sich, wie sie die Ziele aus dieser Höhe treffen sollte. Und dann bemerkte sie, dass sich andere Drachen zu ihnen gesellten, jeder trug eine Zielscheibe auf dem Rücken.

Was geht hier vor? fragte sie. *Was machen sie da?*

Meine Brüder tragen die Zielscheiben, die du treffen musst.

Ich muss bewegliche *Ziele treffen? Aber ich habe nur an stationären geübt!*

Du kannst sie treffen, sagte Copper. *Wenn ich nicht glaubte, dass du dazu fähig wärst, würdest du nicht geprüft werden.*

Sie dachte, dass sein Vertrauen fehl am Platz war, aber sie hatte zu viel durchgemacht, um jetzt aufzugeben. Sie holte tief Luft und hob den Bogen.

Ich bin bereit.

Die Drachen, die um sie herumflogen, brachen aus und drehten in verschiedene Richtungen ab. Copper schlug mit den Flügeln und wandte sich nach links, dem nächstgelegenen folgend. Der Wind peitschte ihr entgegen und trocknete ihre Augen aus. Sie biss die Zähne zusammen und presste ihre Beine fest gegen Copper, während sie zielte.

Ihr erstes Ziel befand sich auf dem Rücken eines schlanken goldenen Drachen. Mina war sich nicht sicher, aber sie vermutete, dass es sich um ein Weibchen handelte, nach der kleineren Statur des Tieres zu urteilen. Sie zog die Sehne zurück und hielt sich so ruhig wie möglich, den Blick fest auf die Mitte des Ziels gerichtet. Der Drache machte eine Fassrolle, wodurch sie die Konzentration verlor.

Ich kann nicht richtig zielen, weil sie sich ständig bewegt!

Beruhige dich, ermahnte Copper sie. *Geduld ist der Schlüssel. Warte auf den richtigen Moment.*

Sie konzentrierte sich erneut auf das Ziel und wartete. Die Zeit verging, und sie verlor das Gefühl für die Sekunden. Der goldene

Drache stieg plötzlich auf, und Mina sah ihre Chance. Sie ließ die Bogensehne los, und der Pfeil sauste durch die Luft. Es war kaum hörbar im Vergleich zum Wind, aber sie vernahm, wie der Pfeil das Ziel traf. Der Drache neigte sich zur Seite und fiel unter sie, zurück zum Boden.

Ein perfekter Treffer. Sehr gut, aber lass es dir nicht zu Kopf steigen. Du hast noch viele weitere Ziele, und du musst sie alle treffen.

Muss ich sie beim ersten Versuch treffen?

Ja.

Mina griff nach einem weiteren Pfeil und legte ihn an. Sie beugte sich tief hinunter, als Copper sich drehte und sich dem nächsten Ziel näherte: einem Messingdrachen, der doppelt so groß war wie Copper. Seine Masse würde es ihm erschweren zu manövrieren, aber sie ließ auch das Ziel auf seinem Rücken viel kleiner erscheinen.

Kannst du über ihn hinwegfliegen?

Ja, aber du wirst das Ziel nicht sehen können.

Ich meinte kopfüber.

Sie schickte ein Bild dessen, was sie vorhatte, durch die Schuppe. Der kurze Duft von Freesien traf ihre Nase, gefolgt von Zitrone und Nelke.

Halt dich fest, antwortete Copper.

Mina klammerte ihre Beine fest um seinen Hals und bereitete sich auf das Riskanteste vor, was sie je versucht hatte.

12

Die Meisterin will, dass du zurückbleibst.

Die Worte hallten in Cadens Kopf wider, eine Erinnerung an sein Versagen, den Edelstein zwei Wochen zuvor zu beschaffen. Er nahm an, es sei eine Strafe, und machte sich täglich Vorwürfe. Wenn er nur besser vorbereitet gewesen wäre.

Lord D'Lance veranstaltete eine öffentliche Feier für den Hohen Prinzen, und Bast hatte die letzten Stunden damit verbracht, ihre Pläne zur Störung der Veranstaltung zu finalisieren.

»Du wirkst deprimiert.«

Caden blickte zum Draman auf und lachte. »Enttäuscht trifft es eher. Ich kann die Truppen unserer Meisterin nicht anführen, wenn ich nicht bei ihnen bin. Ich habe die Aufgabe, die sie mir gab, vermasselt, und ich weiß, dass dies meine Belohnung ist.«

»Ich glaube, du missverstehst sie«, sagte Bast. »Sie will, dass du zu deiner eigenen Sicherheit zurückbleibst. Wenn du morgen getötet wirst, dann erleiden wir einen erheblichen Verlust. Unsere Zahl hat sich verdoppelt, seit du hier bist, und meine Brüder beginnen zu sehen, dass es Hoffnung gibt.«

»Daran hatte ich nicht gedacht. Ich gehe wohl zu hart mit mir ins Gericht.«

»Jeder scheitert irgendwann mal. Was du danach tust, bestimmt deinen Charakter.«

Die beiden saßen an einem kleinen Feuer, eines von vielen, die in ihrem Lager verstreut waren. Caden war warm und entspannt, und er beobachtete, wie die Flammen tanzten. Vielleicht hatte Bast recht. Die Meisterin wollte, dass er zurückblieb, um ihn zu schützen, nicht um ihn zu bestrafen. Der Gedanke tröstete ihn, zumindest bis er darüber grübelte, dass seine Männer allein in eine mögliche Todesfalle gingen. Wie konnte er sich einen Anführer nennen, wenn er nicht mitten in der Gefahr bei ihnen war?

»Was bringt es, eine Feier für den Hohen Prinzen zu veranstalten, wenn er nicht einmal anwesend sein wird?«

»Für das Volk ist es eine Demonstration der Unterstützung«, sagte Bast. »Und für den

Hohen Prinzen ist es ein Zeichen der Loyalität.«

»Ich habe gehört, dass der Hohe Prinz überall Augen und Ohren hat. Wie groß sind die Chancen, dass Lord D'Lances Komplott ihn bereits erreicht hat?«

»Es ist möglich. Wenn er es weiß, frage ich mich, warum er nicht schon seine Armee ausgeschickt hat, um Velbridge zu zerstören.«

Darüber hatte Caden auch nachgedacht. Es gab viele Antworten, aber er fürchtete, es lag entweder daran, dass der Hohe Prinz zu stolz war, um zuzugeben, dass einer seiner Lords ihn verraten würde, oder dass Lord D'Lance zu mächtig geworden war, um ihn aufzuhalten. Letztere Vorstellung war am beunruhigendsten.

»Bisher hat Lord D'Lance seine Drachen und Draman geheim gehalten, aber ich glaube nicht, dass das noch lange so bleiben wird.«

»Besonders nicht nach morgen«, sagte Bast mit einem Grinsen.

»Ihr brecht immer noch vor Morgengrauen auf?«

»Ja. Meine Brüder sind bereit. Ich werde einige Männer zurücklassen, um dich zu bewachen, während wir weg sind. Es wird auch eine Reihe von Boten bereitstehen, um dich zu alarmieren, falls etwas passiert. Du wirst genug Zeit haben, in die Berge zu fliehen, falls wir auffliegen.«

»Du bist ein fähiger Anführer«, lobte Caden. »Ich habe keinen Zweifel daran, dass ihr gut zurechtkommen werdet.«

»Danke. Solange Lord D'Lances Drachen nicht auftauchen, denke ich, wird alles nach Plan verlaufen. Wir haben die Nachricht verbreitet, und ich bin zuversichtlich, dass der Rest unserer Brüder die Wahrheit erkennen und sich uns anschließen wird.«

»Hoffen wir es. Du solltest dich ausruhen. Morgen ist ein wichtiger Tag.«

»Ich bin aufgeregt, aber du hast recht.« Bast stand auf und streckte sich, seine Schuppen schimmerten sanft im Feuerschein. »Wir werden uns morgen wieder treffen, wenn sich der Staub gelegt hat.«

Caden blieb nach seinem Weggang am Feuer sitzen und kämpfte mit seinen eigenen Gedanken. Ihre Meisterin hatte ihm nicht direkt gesagt, er solle zurückbleiben, also würde er ihre Befehle nicht missachten, wenn er seinen Männern nach Velbridge folgte.

Technisch gesehen.

Und es war ja nicht so, als wäre Bast sein Befehlshaber. Sie führten die Gruppe von Draman gemeinsam. Er legte sich hin und machte es sich bequem, starrte hinauf in das dunkle Blätterdach. Je mehr er darüber nachdachte, desto mehr überzeugte er sich davon, heimlich mitzukommen. Er würde sich nicht einmischen ... er würde nur ein Auge auf die Dinge haben.

Er wachte früh am Morgen auf, als die Draman sich vorbereiteten, nach Velbridge zu reisen. Sie waren keine leise Truppe, und es war unmöglich für ihn, wieder einzuschlafen, selbst wenn er es gewollt hätte. Bast verabschiedete sich von ihm und führte die Männer weg vom Lager.

Caden wartete so geduldig wie möglich und gab ihnen einen Vorsprung, bevor er ihnen folgte. Die wenigen zurückgelassenen Wachen beachteten ihn nicht, und er schnappte sich einen weggeworfenen Umhang und eine Fackel, dann schlich er sich in den Wald. Er hielt einen angemessenen Abstand zu Bast und den anderen, und als Velbridge in Sicht kam, wandte er sich nach Osten und benutzte den Kanaleingang, den Bast ihm gezeigt hatte, um die Stadt zu betreten.

Er benutzte die Fackel, um seinen Weg zu erhellen, und da er sich in den Tunneln nicht auskannte, beschloss er, geradeaus zu gehen, bis er an eine Gabelung kam, dann bog er rechts ab und kletterte die erste Leiter hinauf, die er fand. Der Gullydeckel ließ sich leicht beiseiteschieben, und er trat in eine leere Gasse hinaus.

Jubel hallte von den Wänden wider, und Caden wurde klar, dass die Feierlichkeiten bereits im Gange waren. Er zog die Kapuze des Umhangs über den Kopf und löschte die Fackel, warf sie beiseite und trat dann auf die Straße und machte sich auf den Weg zu den Festlichkeiten. Die Straßen waren normalerweise überfüllt, aber wegen der Veranstaltung begegnete er nur einer Handvoll Menschen, Nachzügler, die in die gleiche Richtung gingen wie er.

Es war erst Vormittag, aber es erstaunte ihn zu sehen, wie groß die Menschenmenge war, die sich vor dem Schloss versammelt hatte. Die Leute standen dicht gedrängt, alle versuchten, einen guten Blick auf das Geschehen zu erhaschen. Caden kletterte an der Seite eines Gebäudes hoch und gelangte auf das Dach. Eine Art Parade zog durch die Hauptstraße, die von Wachen mit Hellebarden abgesperrt war.

Trompeten und andere Instrumente wurden gespielt und trugen zum Stimmengewirr bei, das durch die Luft schwebte. Caden entdeckte ein paar vermummte Gestalten in der Menge, und er vermutete, dass es einige seiner Männer waren. Die Menschen um sie herum ließen sich von ihrem Erscheinen nicht beeindrucken, und als sich einer von ihnen umdrehte, sah er warum. Sie trugen Masken.

»Clever«, murmelte er vor sich hin.

Am Ende der Parade marschierte eine Gruppe von Runenmeistern in voller Rüstung. Kommandant Morin ging mit ihnen, und zu Cadens Überraschung war auch Lord D'Lance anwesend. Er wusste, dass der Mann den Anhänger trug, obwohl er ihn nicht sehen konnte. Wenn er ihn für wertvoll genug hielt, um damit zu schlafen, dann trug er ihn sicherlich jetzt bei sich. Aufregung stieg in ihm auf. Dies war seine Gelegenheit, seinen Fehler wiedergutzumachen. Er musste nur warten, bis Bast und die anderen-

Bei den Wachen, die die Hauptstraße blockierten, brach ein Tumult aus, als eine Gruppe von Draman das Gebiet räumte und die Stadtbewohner beiseite drängte. Die Wachen riefen nach Verstärkung, doch bevor ihre Hilfe eintreffen konnte, überwältigten die Draman sie. Die Menge wich schreiend vor den Kreaturen zurück und rief »Dämonen!«. Hörner ertönten, und die Runenmeister in der Parade eilten schnell zum Ort des Geschehens, aber da war bereits ein Kampf ausgebrochen.

Soldaten und Draman lieferten sich eine richtige Schlacht, Schwerter klirrten. Die Stadtbewohner stoben in alle Richtungen auseinander, ihre Schreie und ihr Getrampel verstärkten nur noch das Chaos. Kommandant Morin mischte sich ins Getümmel und schwang sein Schwert mit einer Wut, die für einen Mann seines Alters unmöglich schien. Caden beobachtete alles vom Dach aus und wartete auf den richtigen Moment.

Lord D'Lance schritt mitten ins Kampfgetümmel und rief nach mehr Soldaten. Caden konnte nicht länger warten. Er kehrte auf die Straße zurück und bahnte sich seinen Weg durch die Massen fliehender Menschen. Alles, was er tun musste, war, nah genug heranzukommen, um den Anhänger zu stehlen, und dann würde er damit zu seinem Meister flüchten.

Er ließ sein Schwert in der Scheide, als er sich den Soldaten näherte, und schlängelte sich zwischen den Menschenmassen hindurch, um näher heranzukommen. Lord D'Lance war nur wenige Meter entfernt und in die andere Richtung gewandt. Caden stürzte vorwärts, die rechte Hand ausgestreckt nach dem Hals des Mannes. Seine Finger streiften zunächst die Kette, aber es gelang ihm, sie zu packen und loszureißen. Lord D'Lance wirbelte herum, und die beiden Männer starrten sich an.

»Du schon wieder. Ich werde deinen Kopf haben!«

Caden drehte sich zur Flucht um und spürte einen stechenden Schmerz in seinen Rippen. Er stöhnte und taumelte, etwas Nasses benetzte seine Haut. Er wusste, ohne hinzusehen, dass er erstochen worden war. Seine Sicht verschwamm und er fiel zu Boden, der Anhänger kullerte über das Kopfsteinpflaster.

13

Copper schlug mit seinen Flügeln und hob sie höher. Minas Magen drehte sich unangenehm, als der Drache über das andere Biest hinweg eine Schleife flog, aber sie kämpfte gegen die Angst an und schoss ihren Pfeil ab. Dann schlang sie schnell ihre Arme um Coppers Hals, wobei der Bogen um ihr Handgelenk baumelte, während sie kopfüber flogen.

Sie konnte nicht sehen, ob der Schuss das Ziel getroffen hatte, aber als Copper sich wieder ausrichtete, trompetete der riesige Messingdrache ihr zu und begann zu sinken. Genau in der Mitte der Zielscheibe, die er trug, steckte ihr Pfeil. Mina flüsterte ein Dankgebet an Avera und setzte sich auf, um nach dem nächsten Ziel Ausschau zu halten.

Es gab drei weitere, jedes auf dem Rücken eines Silberdrachen. Sie glitten nebeneinander her, ihre Schuppen schimmerten brillant in der Sonne.

Sind das die letzten Ziele?

Ja, antwortete Copper. *Silberdrachen sind schnell und es wird schwierig sein, mit ihnen Schritt zu halten. Du musst zuschlagen, sobald wir in Reichweite sind.*

Mina bereitete einen weiteren Pfeil vor, während Copper versuchte, sie einzuholen. Der Wind peitschte ihr Haar wild umher und sie musste ihre Augen abschirmen, damit sie nicht wieder austrockneten. Der nächstgelegene der drei Drachen flog träge dahin, und sobald sie in Reichweite waren, schoss der Drache nach vorne und distanzierte Copper mühelos.

Du hast nicht gelogen. Sie sind wirklich schnell!

Natürlich habe ich nicht gelogen. Drachen lügen nie.

Mina beugte sich vor, während Copper seine Flügel schneller schlug, und legte den Bogen in ihren Schoß. Coppers Brust hob und senkte sich bei jedem Atemzug und seine Schultern ließen sie auf und ab hüpfen.

Kannst du sie einholen? Du scheinst dich abzumühen.

Er knurrte als Antwort und schlug härter mit den Flügeln. Mina kam es wie eine

Ewigkeit vor, aber bald holten sie den Drachen ein. Er wurde gelegentlich langsamer, beschleunigte dann wieder, und ihr wurde klar, dass das Geschöpf mit ihnen spielte. Das schürte das Feuer ihrer Entschlossenheit, und sie machte ihren Bogen bereit.

Die anderen beiden sind hinter uns, sagte Copper. *Du könntest sie beide erwischen, wenn du schnell genug schießt.*

Ein Ziel nach dem anderen.

Mach dich bereit. Ich werde den Abstand verringern, aber sobald sie merkt, was ich vorhabe, wird sie davonsausen.

Ich bin bereit.

Copper schoss plötzlich nach vorne und brachte sie in Schussweite. Mina zielte und schoss, zog schnell einen weiteren Pfeil aus dem Köcher. Das Geschoss traf den äußersten Rand der Zielscheibe, fast hätte es sie verfehlt.

Das war knapp.

Zu knapp, erwiderte Copper. *Ich werde die anderen beiden vor uns lassen. Sobald wir hinter ihnen sind, musst du zwei Pfeile so schnell wie möglich abfeuern.*

Gleichzeitig?

Nein. Das wäre unmöglich.

Mina dachte, zwei Pfeile hintereinander abzuschießen und die Ziele zu treffen, wäre unmöglich, aber sie musste es versuchen. Copper war zu langsam, um mit der Geschwindigkeit der Silberdrachen mitzuhalten, und wenn sie diese Gelegenheit verpassten, würde sie die Prüfung nie bestehen.

Halt dich fest. Es wird ruppig.

Mina presste ihre Beine an Coppers Hals und griff nach zwei Pfeilen aus dem Köcher. Sie legte einen in ihren Schoß und hielt den anderen fest, dann machte sie sich bereit. Copper hob seine Flügel, um den Wind zu fangen, und sein Körper ruckte nach hinten. Die beiden Silberdrachen flogen weiter, und Mina hob den Bogen und schoss den ersten Pfeil ab. Er traf die Zielscheibe am äußeren Rand des Drachen zur Linken. Ihre Finger fummelten am zweiten Pfeil herum, und sie hätte ihn fast fallen lassen. Sie kämpfte damit, ihn aufzulegen, ihre Frustration erschwerte es zusätzlich. Sie bekam den Pfeil auf die Sehne und zielte, aber das letzte Ziel war gerade außer Reichweite.

Beeil dich! drängte Copper.

Sie schluckte schwer und neigte den Bogen ein paar Zentimeter nach oben und ließ den Pfeil fliegen. Er sauste durch die Luft.

Eine Windböe blies ihn vom Kurs ab und er verfehlte das Ziel, traf stattdessen das Holzbein, das es stützte. Minas Herz sank ihr in den Magen. Sie hatte verfehlt. Die letzten zwei Wochen waren umsonst gewesen. Sie biss sich wütend auf die Lippe und versuchte, ihre Augen davon abzuhalten, sich mit Tränen zu füllen. Copper sank langsam herab, aber sie verlor den Fokus auf alles. Verzweiflung erhob ihr hässliches Haupt.

Sie landeten auf dem Boden, wo die Enklave wartete. Mina kletterte von Coppers Rücken und ging hinüber, um vor den Ältesten zu stehen. Sie hielt ihr Gesicht so stoisch wie möglich, aber innerlich schrie sie. Sie hielt ein paar Meter vor den Mitgliedern der Enklave an und kniete nieder.

Erhebt Euch, sagte der silberne Anführer.

Mina stand auf und wartete darauf, die niederschmetternde Nachricht zu hören.

Ihr habt Euch gut geschlagen. Das letzte Ziel erwies sich als Herausforderung, aber Euer Pfeil hat es getroffen.

Hat er das? Mina wusste, dass er das Bein getroffen hatte, aber sie dachte nicht, dass das zählte. Der Drache starrte sie an, und ihr wurde klar, dass sie nicht die richtige Anrede benutzt hatte. *Verzeiht, Tiarna. Ich bin verwirrt.*

Eure Aufgabe war es, jedes Ziel zu treffen. Das habt Ihr getan. Was gibt es da zu verwirren?

Ich ... Sie räusperte sich. *Ich dachte nicht, dass es zählt, wenn man das Bein des Ziels trifft.*

Es ist eine Formalität, aber die Enklave hat zugestimmt, es gelten zu lassen. Bereitet Euch auf Eure Prüfung mit der Klinge vor.

Ja, Tiarna.

Mina drehte sich um und ging zu Copper zurück, ein Lächeln umfasste ihr Gesicht.

Du hast dich gut geschlagen, aber zwei dieser Pfeile wären beinahe daneben gegangen. Bleib konzentriert. Wenn du jetzt nachlässt, wirst du es nicht schaffen.

Ich bin einfach froh, dass ich nicht versagt habe, antwortete sie. *Ich dachte sicher, dass der letzte Pfeil nicht als Treffer zählen würde.*

Die Enklave ist großzügig, aber erwarte nicht die gleiche Nachsicht beim Schwert.

Mina zog ihr Schwert aus der Scheide und machte ein paar Übungsschwünge.

Wie werden sie meine Fähigkeiten mit der Klinge testen?

Du wirst gegen einen Gegner kämpfen.

Ich muss gegen einen Drachen kämpfen?

Nein. Du wirst gegen Areg kämpfen.

Areg? Aber er ist ... sie wollte sagen langweilig, aber sie biss sich auf die Zunge. *Er ist so klein.*

Verwechsle seine seltsame Sprechweise und Größe nicht mit einem Mangel an Intelligenz. Es steckt mehr in ihm, als du weißt.

Was meinst du damit?

Ich werde es dir nach deiner Prüfung erklären. Du musst dich jetzt konzentrieren.

Die Drachenmenge schloss sich um sie herum und bildete einen großen provisorischen Ring. Areg trat in den Kreis, trug eine Kettenrüstung und führte ein Schwert. Mina wunderte sich über das Training, das Copper ihr gegeben hatte. Er hatte sie darin ausgebildet, den Bogen am Boden zu benutzen, doch sie wurde auf dem Drachenrücken geprüft. Jetzt sollte sie am Boden kämpfen, aber sie hatte in der Luft trainiert.

Ein Hauch von Misstrauen überkam sie, und sie hegte kurz den Gedanken, dass er versuchte, sie zu sabotieren. Sie blickte zu ihm und verdrängte den Gedanken sofort. Copper hätte sie schon längst töten können. Und trotz des Bogenschießens am Boden hatte sie es geschafft, bewegliche Ziele unter seiner Anleitung zu treffen. Nein, er versuchte nicht, sie zu sabotieren.

Wie wird einer von uns gewinnen? fragte sie.

Ihr werdet kämpfen, bis einer von euch drei Treffer erzielt hat. Ihr solltet nicht versuchen, tödlichen Schaden anzurichten, aber ein wenig Schmerz ist akzeptabel. Ich werde euch mitteilen, ob der Schlag zählt. Der Erste, der drei Treffer landet, ist der Sieger. Geh und nimm deinen Platz ein.

Mina verließ Coppers Seite und ging dorthin, wo Areg stand.

»Ich bin's«, sagte er.

»Ich höre, du hast einiges Geschick mit diesen Dingern.« Sie schüttelte die Klinge.

»Ja.«

»Nun, nimm keine Rücksicht auf mich. Ich will einen fairen Kampf.«

Areg lächelte sie an. »Ich kämpfe gut.«

»Dann lass mal sehen, was du drauf hast.«

Er verbeugte sich vor ihr, sie spiegelte die Bewegung, und dann kam er mit einer Wildheit auf sie zu, die sie noch nie zuvor gesehen hatte.

14

Caden krabbelte auf allen vieren vorwärts, schnappte sich den Anhänger und kam auf die Füße. Lord D'Lance schrie zusammenhanglos hinter ihm her, aber er ignorierte alles und rannte die Straße entlang, bog in Seitengassen ein und zickzackte sich durch die Stadt, bis er einen zufälligen Kanalgully erreichte.

Seine Seite pochte schmerzhaft, und er nahm sich ein paar Sekunden Zeit, um nachzusehen. Was auch immer ihn getroffen hatte, hatte sich direkt durch sein Kettenhemd geschnitten. Blut durchtränkte seine Kleidung, und nach der Menge an Blut zu urteilen, die hinter ihm eine Spur zog, wusste er, dass die Wunde tief war. Er kniete sich hin und schob den Gullydeckel beiseite, wobei er die Zähne gegen den Schmerz zusammenbiss. Er musste nur lebend das

Lager erreichen, und einer der Draman könnte den Anhänger zu ihrem Meister bringen.

Caden kletterte in den Tunnel hinab und wanderte blind in der Dunkelheit, in die Richtung, von der er annahm, dass sie aus der Stadt hinausführen würde. Als die Minuten vergingen und seine Kräfte nachließen, hielt er inne und lehnte sich gegen die Wand. Er verlor zu viel Blut.

Weiter.

Die Stimme seines Meisters durchdrang den Schleier aus Schmerz und Schwäche und gab ihm neue Energie. Er kämpfte sich vorwärts und hielt ein schnelles, aber vorsichtiges Tempo. Ein Grollen hallte durch den Tunnel, und der Boden zitterte unter seinen Füßen. Was ging über ihm vor?

Der Tunnel bog nach links ab, und Tageslicht wurde sichtbar. Caden verließ die Kanalisation und lief weiter in den Wald hinein, aber seine Sicht war verschwommen und er hatte Mühe, einen Fuß vor den anderen zu setzen. Er stolperte und fiel; der Boden schien ihn im Kreis zu drehen. Er schloss die Augen, um den Schwindel zu lindern, und im nächsten Moment befand er sich auf dem Rücken eines Drachen, der durch den Himmel über Die Langen Sande flog.

Caden sah sich verwirrt um, wie er dorthin gekommen war. War er tot? Oder wenn nicht, warum ritt er dann auf einem Drachen? Er hielt auch einen Bogen in der Hand und zielte damit auf einen anderen Drachen. Das Geschoss traf etwas auf dem Rücken der Kreatur, aber er konnte nicht erkennen, was es war. Plötzlich änderte sich die Szenerie und er fiel vom Drachen, stürzte auf den Boden zu.

Gerade als er auf dem Boden aufschlagen sollte, öffneten sich seine Augen. Er lag auf dem Rücken und starrte auf das grüne Blätterdach des Waldes. Das Gesicht eines Dramans blickte auf ihn herab.

»Du lebst«, sagte er. »Gut. Der Meister wäre wütend, wenn du gestorben wärst.«

Caden berührte seine Seite. Die Wunde war geschlossen. Er setzte sich auf, um nachzusehen, und sah eine lange Narbenlinie, aber ansonsten gab es kein Anzeichen dafür, dass er verletzt gewesen war. Sein Kettenhemd und sein Schwert waren entfernt worden und lagen in der Nähe, aber der Anhänger fehlte.

»Wo ist der Edelstein?«

Der Draman stieß mit dem Fuß gegen die Rüstung. Caden griff nach dem Rand und zog sie herüber, hob sie an. Der Anhänger fiel zu Boden. Er atmete erleichtert auf und hob ihn auf.

»Wie habt ihr meine Wunde geschlossen?«

»Das waren nicht wir. Es war unser Meister.«

Danke, sagte Caden und schickte die Worte mental durch die Verbindung, die er mit dem Drachen spürte. Sie antwortete nicht, aber er konnte spüren, dass ihre Präsenz noch bei ihm war. Er stand auf und sah sich im Lager um. Bast und die anderen waren noch nicht zurückgekehrt.

»Irgendwelche Nachrichten von den Boten?«, fragte er.

»Nein, Sir. Es ist still geblieben.«

Das gefiel Caden nicht, besonders angesichts der Ereignisse, die sich abgespielt hatten, bevor er aus der Stadt entkommen war.

»Wenn wir nicht bald einen Bericht erhalten, schicke jemanden zur Untersuchung.«

»Wie Ihr befehlt.«

Caden zog sein Kettenhemd wieder an und holte seine Schwertscheide, die er um seine Taille schnallte. Er wanderte im Lager umher, um Zeit totzuschlagen. Er wollte nicht gehen, während Bast weg war, aber wenn er nicht bald zurückkehrte, hätte Caden keine Wahl. Sein Meister wollte aus ihrem Gefängnis befreit werden, und der Edelstein in seinem Besitz war entscheidend, um diese Freiheit zu erlangen.

Der Geruch von Rauch drang in seine Nase, und er blickte in Richtung Velbridge. Der Wald war zu dicht, als dass er etwas hätte sehen können, aber er war sicher, dass der Geruch nicht von den Lagerfeuern stammte.

»Sir!« Einer der Draman winkte ihn heran. »Sie sind zurück!«

Caden eilte durch das Lager. Bast und etwa zwanzig andere marschierten durch die Bäume. Sie waren mit Blut und Asche bedeckt und sahen erschöpft aus. Bast traf Cadens Blick und schüttelte leicht den Kopf.

»Lass uns unter vier Augen sprechen«, sagte der Draman.

Caden ging mit ihm, bis sie von allen anderen entfernt waren, und selbst dann hielt Bast seine Stimme leise.

»Wir haben schwere Verluste erlitten. Lord D'Lance brachte einen seiner Drachen heraus, und von da an ging es bergab.«

»Wie viele sind aus der Stadt entkommen?«, fragte Caden.

»Ich bin mir nicht sicher. Diejenigen, die mit mir zurückgekehrt sind, sind die einzigen, die ich bestätigen kann.«

Caden gab sein Bestes, um seinen Gesichtsausdruck nicht die Bestürzung zeigen zu lassen, die er fühlte. Von vierhundert Männern waren nur eine Handvoll ins Lager zurückgekehrt.

»Wo ist der Drache jetzt? Wurdet ihr verfolgt?«

»Ich glaube, er hat die Kontrolle über ihn verloren. Er begann, die Stadt niederzubrennen. Da sind wir geflohen. Ich bezweifle, dass er sich genug um uns gekümmert hat, um uns zu verfolgen. Seine Aufmerksamkeit wurde auf eine neue Krise gelenkt.«

»Hoffentlich wurde niemand getötet. Die Menschen haben keine Ahnung, was für ein Monster über sie herrscht. Die Tatsache, dass er die Kontrolle über den Drachen verloren hat, ist überraschend, möglicherweise sogar gut.«

»Warum das?«

»Es zeigt, dass die Kreaturen gegen seine Magie ankämpfen. Wenn sie sich von seiner Kontrolle befreien können, könnten wir das zu unserem Vorteil nutzen.«

»Unser Meister wird verärgert sein, wenn sie erfährt, dass unsere Streitkräfte zerstreut und möglicherweise tot sind.«

»Vielleicht hilft das hier.« Caden hielt den Anhänger hoch.

Basts Augen verengten sich zu Schlitzen. »Ist das der Stein, den sie sucht?«

»Ja.«

»Wie hast du ihn bekommen?«

Caden rieb sich das Kinn und grinste leicht. »Ich bin in die Stadt gegangen. Lord D'Lance war dort, und ich hatte die Gelegenheit, ihn zu nehmen, also tat ich es.«

»Es wird dem Meister nicht gefallen, dass du ihren Befehlen nicht gehorcht hast.«

»Vielleicht weiß sie es bereits. So oder so, ich musste mich in ihren Augen rehabilitieren. Sie gab mir eine Aufgabe, und ich musste sie zu Ende bringen.«

»Ich bewundere deine Entschlossenheit, aber du hättest getötet werden können.«

»Ich wäre es beinahe«, sagte Caden. »Ich erlitt einen tiefen Schnitt an meiner Seite, aber unser Meister heilte ihn. Hier, du solltest den Edelstein zu ihr bringen. Ich bleibe hier und versuche, unsere Männer wieder zu sammeln ... falls sie da draußen noch am Leben sind.«

»Nein. Sie wird erwarten, dass du es überbringst. Du solltest es ihr jetzt bringen. Lord D'Lance wird nach dir suchen, nach uns allen, und je weiter du von hier weg bist, desto besser.«

Caden blickte über das Lager zu den anderen Draman. Er würde sich schuldig fühlen, sie hier verletzt und allein zurückzulassen.

»Uns ging es gut, bevor du kamst, und uns wird es auch ohne dich gut gehen«, sagte Bast, als könne er Cadens Gedanken lesen. »Geh.«

»Na gut. Mit etwas Glück kehre ich mit unserer Meisterin zurück.«

»Es wird eine Ehre sein, sie leibhaftig zu sehen.«

Caden klopfte Bast auf die Schulter und nickte, dann ging er zu seinem Schlafplatz und packte einige Essensrationen in einen Lederbeutel. Es würde ein paar Stunden dauern, bis er den Berg erreichte, und er spürte bereits den nagenden Hunger. Er warf sich die Tasche über die Schulter und machte sich nach Osten auf, das Amulett fest in der Hand.

Lord D'Lance würde teuer für seine Tyrannei und sein Gemetzel bezahlen.

15

Mina taumelte unter der Heftigkeit von Aregs Angriff rückwärts und stolperte beinahe in ihrer Hast. Die geringe Größe und das unscheinbare Wesen des Elfen hatten sie getäuscht, aber jetzt, da sie wusste, dass er ein ausgebildeter Krieger war, würde sie nicht mehr unachtsam sein. Mina hob ihr Schwert, um seine Schläge abzuwehren, und ihre Klingen krachten laut aufeinander. Der Stahl vibrierte in ihrer Hand und sandte ein seltsames Gefühl ihren Arm entlang.

Ich habe nicht trainiert, um gegen einen so geschickten Gegner zu kämpfen!

Du wirst nicht immer auf das vorbereitet sein, was dir in der Welt begegnet, antwortete Copper.

Er hatte immer eine Antwort auf alles, worüber sie sich beschwerte, aber es war nie eine Lösung für ihr Problem. Sie versuchte sich daran zu erinnern, was sie Hauptmann Eduard hatte lehren hören, wenn Lord Klodian die Runenmeister-Übungsplätze besuchte, aber es gab wenig, woran sie sich erinnern konnte. Damals schien es keine Information zu sein, die sie je brauchen würde.

Sie war so in ihre Gedanken vertieft, dass sie nicht bemerkte, wie Areg sie langsam in eine Ecke drängte, bis es fast zu spät war. Die Menge der Drachen beobachtete aufmerksam und beurteilte schweigend ihren Fortschritt. Areg war ihr überlegen, aber das bedeutete nicht, dass er unbesiegbar war. Mina grub ihre Fersen in den Sand, packte den Griff ihrer Klinge mit beiden Händen und stieß die Spitze direkt auf Aregs Brust zu.

Der Elf wirbelte zur Seite und schlug dabei ihr Schwert nach oben. Sie konnte nicht glauben, wie anmutig seine Bewegungen waren. Sie befanden sich in einem Kampf, aber er war so geschmeidig, dass er eher zu tanzen schien. Seine Füße tänzelten über den Sand und hinterließen kaum einen Abdruck. Wie war das möglich?

Ihre Gedanken zersplitterten in tausend Stücke, als stechender Schmerz an ihrem Handgelenk ausbrach. Areg schlug die flache Seite seiner Klinge über ihr Fleisch, und er war bereits verschwunden, als sie versuchte, nach ihm zu stechen.

Das ist ein Punkt für Areg.

Mina rieb ihr Handgelenk, um den Schmerz zu lindern, und beobachtete den Elfen misstrauisch. Er hatte etwas Abstand zwischen sie gebracht, und sie nutzte die kurze Atempause, um ihre mangelnde Strategie zu überdenken. Sie hatte keinen Zweifel daran, dass sie Areg nicht schlagen konnte, was bedeutete, dass sie den Test nicht bestehen würde. War das die Art der Enklave, ihr zu sagen, dass sie nicht geeignet war, eine Reiterin zu sein?

Konzentriere dich, dröhnte Coppers Stimme.

Tut mir leid.

Sie schüttelte den Kopf, als könnte das die Gedanken aus ihrem Kopf vertreiben, und rollte mit den Schultern. Areg starrte sie an und wartete.

Ich werde mein Bestes geben, sagte sie sich.

Mina stürmte auf Areg zu und schwang ihr Schwert in einer Überkopf-Hackbewegung. Sie nahm an, dass sie für alle Zuschauer unbeholfen aussehen musste. Ihre Bewegungen waren bei weitem nicht so schön wie die von Areg. Wieder wich er ihr mit Leichtigkeit aus. Als sie an ihm vorbeistürmte, unfähig ihren Schwung zu stoppen, blitzte er ihr ein Grinsen zu und schlug ihr mit seinem Schwert gegen die Kniekehlen.

Ihre Beine knickten ein und gaben nach, sodass sie mit dem Gesicht voran in den Sand fiel. Sie bekam eine Mundvoll der körnigen Sandkörner und spuckte wiederholt, während sie sich abmühte, wieder auf die Beine zu kommen. Wäre dieser Kampf vor Menschen gewesen, hätte es laute Jubelrufe und Leute gegeben, die sie verspottet hätten. Stattdessen herrschte nur Stille, während die Drachen teilnahmslos zusahen.

Ich versage kläglich, beklagte sie sich.

Mach weiter. Das Blatt kann sich immer wenden.

Mina wischte sich den Mund mit dem Handrücken ab und bürstete den Sand ab. Der Boden zitterte unter ihr wie zuvor, und sie sah sich um. Die Drachen blickten einander an, und der Geruch von Vanille war überwältigend. Sie wünschte, ihre Gedanken wären für ihren Geist zugänglich, da sie sich nur fragen konnte, was sie einander sagten. Sie blickte zurück zu Areg, und er nickte ihr zu.

»Kämpfe«, sagte er.

»Das tue ich.«

Er kam auf sie zu wie ein Blitz, schnell und furchterregend. Sie brachte ihr Schwert gerade noch rechtzeitig hoch, um seinen Schlag zu parieren, und die Wucht riss ihr den Griff aus der Hand. Das Schwert landete im Sand, und sie warf sich zu Boden, um es aufzuheben. Areg war sofort neben ihr und landete einen Tritt gegen ihre Rippen. Trotz seiner Größe war der Schlag kraftvoll und ließ sie auf den Rücken rollen.

Mina konnte spüren, wie der Boden immer noch zitterte, aber jetzt war es eine konstante Vibration. Sie ignorierte Coppers Ankündigung der Punkte, als Areg seinen Fuß auf ihre Brust setzte und sich darauf vorbereitete, seinen letzten Schlag zu landen. Sie rollte von ihm weg und packte den Knöchel seines anderen Beins. Areg grunzte, als er auf den Rücken fiel, vorübergehend benommen. Sie krabbelte auf allen Vieren zu ihrer Klinge und riss sie aus dem Sand, dann schlug sie Areg gegen das Bein, bevor er sich erholen konnte.

Zwei zu eins für Areg.

Immerhin habe ich ihn endlich getroffen, aber er braucht nur noch einen Punkt. Es ist unmöglich für mich zu gewinnen.

Mach weiter, wiederholte Copper.

Mina kam auf die Beine, ihre Brust hob und senkte sich schwer. Schweiß lief ihre Arme und Beine hinunter, und Sand klebte an ihrer Haut. Diese Art des Kampfes war schwieriger als sie gedacht hatte. Areg umkreiste sie wie ein Raubtier, und sie drehte sich mit ihm, ihre Augen fest auf seine gerichtet. Copper hatte recht, es gab *mehr* an ihm, als sie wusste.

Als ob sie die Gedanken des anderen lesen könnten, stürzten sie sich im selben Moment aufeinander. Ihre Klingen krachten aufeinander, als sie in unmittelbarer Nähe kämpften, und für einen flüchtigen Moment dachte Mina, sie könnte gegen Areg bestehen.

Der Elf ließ sich auf die Knie fallen und stieß sein Schwert nach oben, traf sie mit der Spitze am Bauch. Ihre Rüstung verhinderte, dass das Schwert sie aufspießte, aber der Schmerz flammte trotzdem durch ihren Unterleib bei dem Schlag. Mina biss die Zähne gegen den Schmerz zusammen und stolperte rückwärts.

Drei zu eins für Areg, sagte Copper.

Ich habe verloren, keuchte Mina mental.

Ja, aber du hast dich gut geschlagen. Areg ist ein geschickter Krieger, und du hast länger durchgehalten, als ich erwartet hatte.

Mina fand das schwer zu glauben, aber es linderte den Stachel ihrer Niederlage, bis ihr klar wurde, dass sie den Test nicht bestanden hatte. Die Enklave würde ihre Bitte, den Krieg aufzuschieben, ablehnen, und die Menschheit würde unter ihrem Zorn verbrennen.

Du hast dich gut geschlagen, drang die Stimme des silbernen Drachen in ihren Geist.

Ich habe verloren. Wie kann das gut sein?

Dein geringes Training hat bewiesen, dass du das Zeug zu einer Kriegerin hast. Du hättest Areg nie besiegen können, selbst wenn du Jahre statt Wochen trainiert hättest.

Warum habt ihr mich dann gegen ihn antreten lassen?

Wir haben unsere Gründe, antwortete der Drache vage.

Da ich versagt habe, werdet ihr in den Krieg ziehen?

Du hast vielleicht verloren, aber du hast nicht versagt. Wir werden keinen Krieg gegen die Menschen führen.

Mina hatte in ihrem ganzen Leben noch nie so viel Erleichterung verspürt.

Danke, dass du mir vertraust. Ich werde alles Nötige tun, um Lord D'Lance aufzuhalten.

Gut. Du musst ihn töten, sonst wird er nie aufhören.

Ich werde tun, was getan werden muss, sagte Mina. Sie stimmte nicht zu, ihn zu töten, aber wenn es das war, was getan werden musste, wenn die Zeit kam, dann würde sie es tun. Sie steckte ihre Klinge in die Scheide und kniete sich hin, um Areg zu umarmen.

»Wo hast du gelernt, so zu kämpfen?«, fragte sie.

»Lange Geschichte.«

Bevor sie etwas sagen konnte, ertönte ein unheimliches Brüllen, das in ihren Ohren schmerzte. Sie presste ihre Hände auf die Ohren und richtete ihren Blick ruckartig auf Copper.

Was war das?

Einer der Späher, antwortete er. *Wir werden angegriffen.*

Von wem?

Sandwürmern.

16

Caden fand den Aufstieg zum Berg weniger beschwerlich als beim ersten Mal, aber es war trotzdem eine ermüdende Aufgabe. Der Himmel war klar, in leuchtendem Blau, und die Sonne brannte direkt auf ihn herab. Der Schweiß schien aus jeder Pore zu kommen, aber im Gegensatz zur ersten Reise hielt er regelmäßig an, um sich auszuruhen und die mitgebrachten Vorräte zu essen.

Als er den Grat erreichte, wo sich der Eingang des verlassenen Tempels befand, hatte er ein ungutes Gefühl. Jetzt, da er wusste, dass die Stimme, die ihn gerufen hatte, zu einem Drachen gehörte, war er sich über vieles unsicher. Dennoch erinnerte er sich daran, dass sie ihn vom Tod zurückgebracht, geheilt und ihm die Verantwortung über ihre Armee von Draman übertragen hatte.

Caden atmete tief ein, um seine Nerven zu beruhigen, und betrat die Höhle. Die Dunkelheit war dicht, aber er erinnerte sich, dass es vor ihm Licht geben sollte. Als er auf das leuchtende Moos traf, wusste er, dass er sich näherte. Seine Schritte waren sicher, trotz des donnernden Rhythmus seines Herzens. Der Tunnel führte ihn in den verlassenen Tempel, und die glühenden Augen seiner Meisterin starrten ihn aus den Schatten an. Er schluckte schwer und ging so nah an sie heran, wie er es wagte.

Caden, mein ergebener Diener. Ich spüre etwas Anderes an dir.

»Ich weiß nicht, was du meinst«, antwortete er.

Da ist etwas, das deine Gedanken von mir fernhält. Du hast mich doch nicht verraten, oder?

»Nein, natürlich nicht. Ich verdanke dir mein Leben. Ich könnte meinen Eid niemals brechen.«

Gut, zischte sie. *Warum bist du hergekommen?*

Caden holte den Anhänger aus seiner Tasche und hielt ihn hoch, damit sie ihn sehen konnte. Der Drache knurrte, tief und gefährlich.

Das ist der Grund, warum du dich entfernt anfühlst. Dieser verfluchte Stein ist der Fluch meiner Existenz. Du musst ihn für mich zerstören.

»Gerne«, sagte Caden.

Er ließ den Anhänger zu Boden fallen und zog sein Schwert, dann schlug er mit aller Kraft auf den Teil, der den Stein hielt. Er inspizierte sein Werk, aber der Stein war nicht einmal zerkratzt.

Dein Enthusiasmus ist lobenswert, aber normale Waffen können den Stein nicht zerstören.

»Wie dann?«

Du musst ihn dorthin bringen, wo er erschaffen wurde, und Worte der Macht benutzen, um seine Magie aufzulösen.

»Ich bin kein Zauberer, also weiß ich nicht, welche Worte verwendet werden müssten. Sollte ich einen suchen?«

Nein. Ich werde dich die nötigen Worte lehren. Sie müssen nicht von einem Zauberer kommen, sie müssen nur gesprochen werden.

»Wohin muss ich den Stein bringen?«

Zum Gipfel des Berges. Lord D'Lance hat dort seine dunkle Magie gewirkt und mich getäuscht, mich eingesperrt und meine Eier gestohlen. Du wirst dorthin gehen und die Worte sprechen, die ich dich lehre. Wenn der Edelstein zerbricht, werde ich frei sein.

Caden steckte den Anhänger zurück in die Tasche und steckte seine Klinge ein. Die Luft war dünn in dieser Höhe, und er fragte sich, ob er die Kraft hatte, noch weiter aufzusteigen. Er würde es trotzdem versuchen, weil er ihr sein Wort gegeben hatte.

Der Wind ist dort oben stark, also gehe vorsichtig. Wenn du fällst, wirst du sterben.

»Ich werde vorsichtig sein. Wenn ich sterbe, bevor du frei bist, dann habe ich in meinen Pflichten versagt.«

Gut. Merke dir diese Worte: Cealaigh an draíocht seo agus oscail an méid atá curtha faoi ghlas. Wenn du den Gipfel erreichst, sprich sie, und es wird die dunkle Magie auflösen, die mich hier bindet. Wiederhole sie.

Caden stolperte ein paar Mal darüber, aber beim sechsten Versuch sprach er sie perfekt aus.

Nun geh. Ich will vor Sonnenuntergang frei von diesem Ort sein.

Er verbeugte sich leicht und ging, machte sich auf den Weg zurück zum Vorsprung. Sein Blick wanderte über den oberen Teil des Berges. Überall ragten Felsen auf, enorm und zackig, und der Gipfel schien so weit entfernt.

»Ich kann das schaffen«, murmelte er zu sich selbst.

Er begann den Aufstieg und wählte den Weg sorgfältig. Je höher er kletterte, desto stärker peitschte der Wind. Die Temperatur sank ebenfalls, und die Sonne tat wenig, um ihn zu wärmen. Caden machte gute Fortschritte, bevor er stolperte. Ein kleiner, flacher Stein verschob sich unter seinem Gewicht und ließ ihn nach hinten taumeln. Seine Arme rotierten in Kreisen, als er fiel, aber es gab nichts, woran er sich festhalten konnte, und er stürzte zwanzig Fuß, bis er unsanft zum Stehen kam, eingeklemmt zwischen zwei Felsblöcken.

Sein Verstand hatte noch nicht ganz begriffen, was passiert war, und er saß lange Zeit regungslos da. Bei jedem Atemzug durchzuckte ihn ein stechender Schmerz in der Brust, und er wusste, dass etwas gebrochen war, wahrscheinlich ein paar Rippen. Er versuchte, mit seiner Meisterin zu kommunizieren, aber dann erinnerte er sich daran, was sie über den Stein gesagt hatte, der seine Gedanken blockierte.

Caden weigerte sich zu sterben, zumindest nicht hier, und er zwang sich aufzustehen. Seine rechte Seite war die Quelle seines Schmerzes, und er drückte vorsichtig eine Hand auf seinen Brustkorb. Er sog scharf die Luft ein und benutzte die andere Hand, um sich zu stützen, als ihm schwindelig wurde. Als die Schwäche vorüber war, setzte er seinen Aufstieg fort.

Es dauerte lange, bis er die Stelle erreichte, wo er gefallen war, und noch länger, einen sicheren Weg nach vorne zu finden. Der Berg war eine wahre Todesfalle, und er verfluchte Lord D'Lance in Gedanken bei jedem Rückschlag. Der Mann hatte gute Arbeit geleistet, um sicherzustellen, dass niemand töricht genug sein würde, den Ort zu suchen, an dem er seinen Zauber gewirkt hatte. Vielleicht war Caden töricht oder einfach nur wahnsinnig kühn, aber er zwang sich, die Wanderung fortzusetzen.

Der Gipfel war jetzt nur noch ein paar hundert Fuß entfernt. Er war sich nicht sicher, ob es am Sauerstoffmangel lag oder an seiner Einbildung, aber er glaubte, etwas Leuchtendes zu sehen. Es war ein durchscheinendes, blasses Blau, und was auch immer es war, es warf sein Licht um die gesamte Bergspitze.

»Ich verliere den Verstand«, sagte Caden, unsicher, warum er überhaupt mit sich selbst sprach. Er lachte über den Gedanken, was seine Rippen mit Qualen aufflackern ließ, aber der Schmerz brachte ein Anflug von Klarheit. Er war fast da, und während er nicht wirklich den Verstand verlor, wurde er doch von der dünnen Luft beeinflusst.

Cadens Bewegungen wurden träge, und seine Sicht war verschwommen. Er rüttelte an seiner Seite, und der Schmerz brachte seinen Fokus zurück, aber nur für kurze Zeit. Schließlich half selbst das nicht mehr, um bei Sinnen zu bleiben. An einem Punkt erschreckte es ihn zu erkennen, dass er auf einem Felsen saß und überhaupt nicht gelaufen war.

Sein Ranzen lag geöffnet zu seinen Füßen auf dem Boden. Die Rationen waren verschwunden und seine Feldflasche war leer. Wann hatte er sie zu sich genommen? Sein Verstand war benebelt. Er entdeckte den Anhänger am Boden und hob ihn auf, wobei er sich auf wackeligen Beinen erhob. Es gab einen Grund, warum er diesen bei sich hatte, einen Grund, warum er überhaupt hier heraufgekommen war. Was war es noch mal?

Dann erinnerte er sich, wenn auch verschwommen. Er musste ihn auf den Gipfel des Berges bringen ... aus irgendeinem Grund. Er setzte seinen Weg den steilen Hang hinauf fort und erreichte schließlich den Fuß des Plateaus, von dem das leuchtende Licht ausging. Caden stolperte die letzten Meter hinauf und fand einen Wassertümpel vor. Er blubberte, und Dampfschwaden stiegen von seiner Oberfläche auf.

Es war eine heiße Quelle. Das Wasser sah warm und einladend aus. Er hatte es geschafft, also hatte er sich eine Pause verdient, oder? Er versuchte, näher heranzutreten, aber das blassblau leuchtende Licht entpuppte sich als eine magische Barriere, die ihn daran hinderte, weiterzugehen.

Was sollte er jetzt tun?

17

Die Schar von Drachen um Mina und Areg erhob sich in die Lüfte und wirbelte dabei einen kleinen Sandsturm auf. Mina vergrub ihr Gesicht in der Armbeuge und wartete, bis sie wieder sehen konnte, dann lief sie zu Copper.

Du hast gesagt, Sandwürmer seien nicht schlau genug, um sich zusammenzutun.

Das sind sie auch nicht.

Warum greifen sie dann an?

Ich bin mir nicht sicher, aber ich vermute, es hat etwas mit Lord D'Lance zu tun. Steig auf meinen Rücken. Es ist nicht sicher, am Boden zu bleiben.

Sie kletterte auf seinen Rücken und sah zu Areg.

Wird er unter der Erde sicher sein?

Ja, aber ich bezweifle, dass er freiwillig dorthin gehen wird.

Mina winkte ihm zu. »Komm schon!«

Der Elf eilte zu ihnen und kletterte mühelos auf Copper, um sich hinter ihr hinzusetzen. Er schlang seine schmalen Arme um sie und hielt sich fest. Copper stieß sich vom Boden ab und stieg hoch in die Luft. Mina suchte die Landschaft ab und entdeckte die herannahenden Sandwürmer. Der Boden wölbte sich, als sie sich durch den Sand in Richtung der Drachenhöhle gruben.

Es sind so viele.

Irgendetwas hat sie hierher getrieben, antwortete Copper. *Daran ist nichts Natürliches.*

Die anderen Drachen kreisten in der Luft und brüllten Herausforderungen zu den Würmern hinunter. Mina war besorgt. Wenn Lord D'Lance die Kreaturen kontrollierte, was versuchte er damit zu erreichen?

Er weiß wahrscheinlich, dass wir von seinem Plan wissen.

Wie könnte er sie aber kontrollieren?

Magie. Die gleiche Art, mit der er Bindungen erzwingt.

Einer der Würmer brach aus dem Boden hervor und erhob sich wie ein Monolith in die Luft. Sein dickes Fleisch wogte, und Mina verzog angewidert das Gesicht. Die Drachen griffen ihn wütend an, kratzten und bissen in seinen freiliegenden Körper. Er kreischte vor Schmerz, und zwei weitere Würmer stiegen in der Nähe aus dem Sand auf.

Gibt es genug Drachen, um sie zurückzudrängen?

Ja.

Etwas an der Art, wie er antwortete, ließ Mina denken, dass er sich nicht ganz sicher war. Sie konnte einen Hauch von Lavendel riechen. Copper hatte Angst.

Wie kann ich helfen? fragte sie.

Du kannst nicht. Sie sind zu stark, als dass du sie verletzen könntest. Ein Schwert in einen von ihnen zu treiben, wäre nutzlos, und so nah heranzukommen, würde dich umbringen. Wir bleiben in der Luft und warten, bis sie fliehen.

Als immer mehr Würmer aus dem Sand hervorbrachen, befürchtete Mina, dass Copper sich in der Stärke der Drachenzahl geirrt hatte. Sie hatten noch keinen getötet, und keiner der Würmer versuchte, dem Zorn von Zahn und Klaue zu entkommen.

Wie kann Lord D'Lance sie aus solcher Entfernung kontrollieren?

Copper brummte nachdenklich. *Er könnte irgendwo hier draußen sein, obwohl ich das bezweifle.*

Einer der Würmer begann zu blöken, aber es schien kein Schmerzensschrei zu sein.

Mina beobachtete ihn und fragte sich, was er tat. Die anderen Würmer stimmten ein und produzierten einen Chor tiefer, grollender Rufe.

Etwas kommt.

Mehr Würmer?

Copper antwortete nicht, aber einen Moment später brach der Boden auf, als ein Wurm, doppelt so groß wie die anderen, hervorkam. Schwarze Stacheln säumten seinen Körper, und sein Maul war voll rasiermesserscharfer Zähne. Er brüllte wie ein Drache, sein augenloses Gesicht schwenkte hin und her, als suche er nach einem Feind zum Kämpfen.

»Wurmkönig!« rief Areg hinter ihr.

»Was ist das?«

Das ist Ärger, antwortete Copper. *Sie sind schwerer zu töten als die anderen. Das Herz ist seine einzige Schwachstelle, und es ist von einer dicken Schicht aus Knochen und Muskeln umgeben und zu tief vergraben, um von Drachenklauen erreicht zu werden.*

Wie kann man dann sein Herz treffen?

Es muss von innen geschehen.

Du meinst doch nicht ...

Doch, bestätigte Copper. *Derjenige, der ihn tötet, muss verschluckt werden.*

Das ist der sichere Tod!

Für manche ja. Aber es gibt einige wenige, die überlebt haben, um davon zu erzählen.

Warst du einer von ihnen?

Copper gluckste. *Nein, aber Areg.*

Mina drehte sich umständlich um, um den Elfen anzusehen.

»Du hast einen von denen getötet?«

Er grinste. »Ich zwei töten.«

Zwei. Areg hatte zwei Wurmkönige getötet. Er war ein Experte im Schwertkampf und ein phänomenaler Bogenschütze. Sie konnte nicht umhin, sich zu fragen, wer der kleine Elf wirklich war.

»Nah ran«, sagte er mit einem Funkeln in den Augen. Er tätschelte den Griff seines Schwertes.

Ich werde über den Wurm fliegen, damit Areg sich um die Bestie kümmern kann.

Mina schob ihre Finger unter Coppers Schuppen und hielt sich fest. Copper drehte in Richtung des Wurmkönigs und flog direkt auf ihn zu. Eine Schar von Drachen hatte die Kreatur umschwärmt, und Mina keuchte entsetzt auf, als die Stacheln am Körper des Wurms hervorschossen und mehrere der Drachen aufspießten. Ihre zerbrochenen Körper fielen vom Himmel.

Bleib unten, riet Copper.

Mina beugte sich nach vorn und lag praktisch auf seinem Hals. Der Wurm brüllte, als sie über ihn hinwegflogen, und trotz ihrer Höhe konnte Mina die Wärme seines Atems auf ihrer Haut spüren. Areg ließ sie los, und sie sah aus den Augenwinkeln, wie der Elf von Coppers Rücken sprang. Sie zuckte zusammen, als der Elf im Maul des Wurms verschwand.

Ich hoffe, er überlebt.

Es braucht mehr als einen Sandwurm, um ihn zu töten.

Copper flog weiter, drehte um und stieg höher in den Himmel. Mina blickte von Wurm zu Wurm. Die Drachen hatten die Überzahl auf ihrer Seite, aber sie waren kleiner als die massigen Würmer.

Du hast gesagt, du würdest mir nach meinen Prüfungen von Areg erzählen. Wer ist er? Wie kommt es, dass er so gut mit Waffen umgehen kann?

Areg ist ein Elf, und sie haben eine natürliche Begabung für Beweglichkeit und Geschwindigkeit, aber das ist nicht das, was ihn anders macht. Er war einmal ein Reiter, mit einem Drachen verbunden wie du.

Das überraschte Mina. Sie hatte Mühe, diese Information zu verarbeiten.

Du sagtest, er war ein Reiter. Ist er es jetzt nicht mehr?

Nein. Leider ist sein Verbundener vor vielen Jahren gestorben. Er ist seitdem bei uns geblieben und hat sein Leben dafür eingesetzt, uns so gut wie möglich zu helfen.

Warum spricht er so seltsam?

Areg half im Kampf gegen Maël und wurde von einem Zauber getroffen, der seinen Verstand beschädigte. Seitdem spricht er auf diese Weise, aber ansonsten ist er derselbe wie damals. Ich habe nie einen mutigeren Elfen gekannt als Areg.

Das erklärt einiges, sagte Mina. *Als du sagtest, ich sei der erste Reiter seit tausend Jahren, dachte ich, das würde bedeuten, dass es keine anderen lebenden Reiter gibt.*

Areg ist der einzige.

Mina verstand nicht, warum der Elf sich entschieden hatte, bei den Drachen zu leben statt bei seinem eigenen Volk, aber sie vermutete, er hatte seine Gründe. Ihre Aufmerksamkeit wandte sich wieder den Wyrms und der sich entfaltenden Schlacht zu. Die Situation sah düster aus. Mehr Drachen waren gefallen, und kein einziger Wyrm war tot. Sie sah den silbernen Drachen, der die Enklave anführte, wie er eine Gruppe in Richtung des Wyrmkönigs führte.

Sieht aus, als hätte sie einen Plan.

Copper drehte seinen Kopf und Mina spürte, wie er sich anspannte.

Sie wird sich umbringen lassen. Ich muss sie aufhalten.

Ich gehe, wohin du gehst, antwortete Mina.

Sie konnte sein Zögern durch die Schuppe spüren. Das war eine neue Erfahrung.

Geh, drängte sie. *Wir müssen sie beschützen.*

Copper stürzte sich mit einem donnernden Brüllen auf den Wyrmkönig. Mina war gleichzeitig ängstlich und aufgeregt, und sie hielt sich so fest wie möglich an Copper fest. Der Wyrmkönig schleuderte weitere Stacheln, und einer davon flog direkt auf Copper zu. Er wich scharf aus, um ihm auszuweichen, und Minas Augen weiteten sich, als seine Schuppen ihren schweißnassen Händen entglitten.

Sie fiel von seinem Rücken und taumelte durch die Luft.

18

Caden starrte auf die flackernde blaue Barriere und überlegte seine Möglichkeiten. Der Grund, warum er den Stein hierher gebracht hatte, entzog sich ihm immer noch, also war es wahrscheinlich nicht allzu wichtig. War es etwas, das er tun wollte, oder jemand anderes? Die Antwort schwebte am Rande seines Bewusstseins, war aber von Unsicherheit getrübt.

Er blickte zurück den Weg, den er gekommen war, und überlegte, wieder hinunterzugehen, aber er konnte auch dafür keinen Grund finden. Es war, als befände er sich in einem Tauziehen, bei dem die beiden gegensätzlichen Gedanken um die Kontrolle über seinen Verstand rangen, und der Druck machte ihn müde. Caden wollte nichts mehr, als zu ruhen, aber eine seltsame Kraft ließ ihn nicht.

»Bitte«, flehte er. »Ich kann es nicht tun.«

Die Kraft verstärkte sich, und er fiel auf die Knie, wobei der Schmerz in seinen Rippen ihn vor Qual aufschreien ließ. Die beiden Kräfte kämpften weiter in seinem Kopf, und eine gewann die Oberhand.

Berühre mit dem Edelstein die Barriere.

Die Stimme kam ihm bekannt vor. Es war ... seine Meisterin? Ja, das schien richtig. Er hob seine Hand und drückte den Anhänger gegen die Barriere. Zunächst verstärkte sich das blaue Licht und blendete ihn. Ein zischendes Geräusch erfüllte seine Ohren, und die Barriere verschwand. Wärme umhüllte ihn und vertrieb die Kälte aus seinen Knochen. Er kroch vorwärts und erreichte den blubbernden Teich. Das Wasser stank nach faulen Eiern und ließ ihn würgen.

Geh ins Wasser. Das ist die Quelle der Magie.

Er wollte nicht, aber er würde ihr trotzdem gehorchen. Er stand auf und trat zögernd in den Teich. Das Wasser war blau, eine ganz andere Schattierung als die Barriere. Seine Farbe war jedoch trügerisch, angesichts seines Geruchs. Die Temperatur war heiß, unangenehm heiß sogar, aber er drängte auf Geheiß seiner Meisterin weiter.

Geh zur Mitte. Das wird die tiefste Stelle sein.

Das Wasser wurde zu tief, um den Boden zu erreichen, und zwang ihn zu schwimmen. Er erreichte die Mitte und trat Wasser, um seinen Kopf über der Oberfläche zu halten.

Sprich jetzt die Worte, die ich dir gesagt habe.

Caden versuchte, sich an sie zu erinnern, aber der Nebel in seinem Kopf hatte sich noch nicht vollständig gelichtet. Seine Muskeln schmerzten, und seine Rippen brannten heftig. Er konnte gerade so verhindern, unterzugehen, und als er untertauchte, sank er wie ein Sack Steine. Wasser strömte in seinen Mund und er geriet in Panik. Seine Füße berührten etwas Festes, und er stieß sich davon ab, platschte über die Wasseroberfläche. Er hustete und prustete und kämpfte darum, an der Oberfläche zu bleiben.

Sag die Worte!

Er versuchte, nicht zu ertrinken, und seine Meisterin wollte, dass er irgendwelche magischen Worte sprach, an die er sich kaum erinnern konnte. Angst überkam ihn. Er würde versagen. Er würde *sterben*. Trotz seiner Begegnung mit dem Tod in der Ebene fürchtete Caden sich immer noch vor dem Unbekannten.

Sag sie!

Caden ging wieder unter Wasser, aber diesmal war er vorbereitet. Er hielt den Atem an und berührte den Boden, stieß sich wieder über die Oberfläche des Teichs. Die Worte kamen ihm dann in den Sinn, und er schrie sie so laut er konnte.

»Cealaigh an draíocht seo agus oscail an méid atá curtha faoi ghlas!«

Er fiel unter Wasser, und der Anhänger in seiner Hand zitterte. Der Edelstein zerbrach, und eine unsichtbare Kraft entwich ihm, sandte Wellen durch das Wasser. Die Fragmente des Steins lösten sich vom Anhänger und sanken auf den Grund des Teichs. Bevor er versuchen konnte, aus dem Wasser zu kommen, wirbelte es in einer kreisförmigen Bewegung und wurde schnell zu einem Mahlstrom.

Die Strömung riss Caden mit, wirbelte ihn immer wieder herum. Er versuchte, sich am Rand des Teichs festzuhalten, aber seine Hände rutschten immer wieder von der glatten Oberfläche ab. Der Mahlstrom drehte sich schneller und schoss plötzlich in die Luft. Caden wurde zur Seite geschleudert, prallte mit einem Grunzen auf den Boden und lag auf dem Rücken, während er zusah, wie die Wasserfontäne in den Himmel stieg und Schmerzen durch seine Brust schossen.

Als es wieder herunterkam, breitete es sich aus und landete überall, nur nicht im Teich, versickerte im Boden oder rollte die Seiten des Berges hinunter. Caden konnte nicht glauben, dass er es geschafft hatte. Die ganze Situation fühlte sich unwirklich an, mehr wie ein Traum als alles andere.

Meine Fesseln sind frei!

Die Stimme seiner Meisterin war voller Emotionen, eine Mischung aus Aufregung und Erleichterung, getränkt mit Wut. Der Boden unter ihm zitterte und erinnerte ihn an die Zeit in den Abwasserkanälen unter Velbridge. Der Schmerz in seinen Rippen ließ nach, und eine Welle der Stärke belebte ihn. Er setzte sich auf und schaute sich um, fragte sich, woher die Erschütterungen kamen.

Du hast deinen Eid gehalten und mich befreit. Ich bin höchst zufrieden mit dir, und du sollst meine rechte Hand unter meinen Streitkräften sein. Ich werde meine Brüder in den Krieg führen, und du wirst meine draman anführen.

»Ich fühle mich geehrt!«, rief Caden, seine Worte hallten in den Himmel. »Du hast mich vor dem Tod gerettet, und ich werde dir für den Rest meiner Tage dienen!«

Das Wohlgefallen seiner Meisterin pulsierte durch ihn, füllte seine Adern mit Feuer. Er konnte auch ihre Wut spüren, die unter der Oberfläche all ihrer anderen Emotionen brodelte, im Zaum gehalten ... vorerst. Lord D'Lance hatte einen schweren Fehler begangen, indem er sie im Berg gefangen hielt.

Die Erschütterungen im Boden verstärkten sich, und in der Ferne bröckelte ein Gipfel, Felsbrocken und Erde rutschten die Hänge darunter hinab. Caden eilte zum Rand des Plateaus und blickte hinunter. Lawinen aus Steinen stürzten den Berg hinab und vernichteten den Pfad, den er genommen hatte. Es schien, als würde der ganze Berg in zwei Teile zerbrechen. Er musste sich in Sicherheit bringen, aber es gab keine Möglichkeit, hinunterzuklettern, ohne zerquetscht zu werden.

Bleib, wo du bist, sagte seine Meisterin. *Ich hole dich.*

Weit unten erschütterte eine Explosion den Boden, und Trümmer flogen von dem Grat, wo der Tempel stand. Eine massive Gestalt, so dunkel wie der Nachthimmel, kam hervor und fegte die Felsbrocken beiseite, als wären sie nichts weiter als kleine Insekten. Sie drehte sich um und flog auf ihn zu, und Caden wurde von Furcht und Ehrfurcht überwältigt.

Er fiel auf die Knie in Ehrerbietung, hielt aber seine Augen auf ihre Schönheit gerichtet. Ihre Schuppen waren schwarz wie Ebenholz, ihre Flügel leicht doppelt so groß wie Lord D'Lances Burggelände. Sie war in jeder Hinsicht gewaltig. Sie öffnete ihr Maul und spie Feuer, riesige orange Flammen, die den Himmel zerrissen. Selbst aus dieser Entfernung konnte er ihre Hitze spüren.

Sie landete auf dem Gipfel, wo der Wasserpool gewesen war, und zerfurchte den Boden mit ihren Klauen, riss den Fels auseinander und schleuderte ihn weg. Als sie fertig war, konnte man nicht mehr erkennen, dass dort je etwas gewesen war. Sie brüllte, der Laut lauter als alles, was er je gehört hatte. Er schlug die Hände über die Ohren. Der Drache verengte seinen Blick auf ihn und streckte seinen Kopf vor, smaragdgrüne Augen loderten so heiß wie ihre Flammen.

Jetzt wird diese Welt brennen.

19

Mina schrie vor Entsetzen.

Über ihr wich Copper den schwarzen Stacheln aus, indem er hin und her schwenkte. Hundert Gedanken schossen ihr durch den Kopf, aber vor allem fürchtete sie, dass Copper nicht wusste, dass sie von seinem Rücken gefallen war. Sie drehte sich mit dem Gesicht nach unten zum Boden und bereute es sofort. Die Wüstenlandschaft, die mit rasender Geschwindigkeit auf sie zukam, war, als würde sie dem Tod direkt ins Gesicht blicken.

Bevor sie sich auf ihr vorzeitiges Ableben vorbereiten konnte, packte sie eine riesige Klaue und bremste ihren freien Fall. Ihr Körper wurde abrupt gestoppt, aber sie war am Leben. Sie blickte nach oben und sah den großen Messingdrachen aus ihrer Prüfung.

Danke. Sie schickte die Worte durch die Schuppe, aber der Drache antwortete nicht. Er stieg höher und Mina sah, dass die Drachen sich zurückzogen und vor den Würmern zurückwichen. Hatten sie verloren?

Drachen geben nicht so leicht auf, sagte Copper. *Wir gruppieren uns neu.*

Er flog unter ihr heran und passte sich dem Tempo des Messingdrachen an. Der Drache ließ sie los und sie fiel ein paar Meter auf Coppers Rücken.

Ich dachte, ich würde sterben.

Du hast Glück, dass Gavar dich fallen sah. Er war der Einzige, der nah genug war, um dich zu fangen.

Mina beobachtete Gavar, wie er auf die Horde von Drachen zuflog, die sich in der Nähe eines der Würmer versammelten. Sie drückte ihre Dankbarkeit erneut durch die Schuppe aus, wusste aber nicht, ob er sie hörte.

Ich bin froh, dass er mir geholfen hat. Ich glaube nicht, dass ich mich schon genug bewiesen habe, und ich möchte lange genug leben, um das noch zu tun.

Wenn Gavar dich nicht für würdig hielte, eine Reiterin zu sein, hätte er dich nicht gerettet.

Die Gruppe von Drachen kreiste über dem Wurm und blieb hoch genug, dass er sie nicht erreichen konnte. Das hielt ihn nicht davon ab, es zu versuchen, und er kreischte frustriert.

Was planen sie?

Wir haben zu viele unserer Brüder verloren, um uns aufzuteilen, also werden wir sie einen nach dem anderen angreifen, antwortete Copper. *Sobald Areg den Wurmkönig tötet, sollten die anderen fliehen, unabhängig von der Magie, die auf sie wirkt.*

Ich hoffe, du hast recht.

Copper schloss sich den anderen Drachen an, und gemeinsam stiegen sie hinab und begannen, Feuer auf den Wurm zu speien. Die Hitze umhüllte Mina, schwer und dick wie eine gewichtete Decke, und zwang sie, ihr Gesicht in ihrer Armbeuge zu verbergen. Gerade als sie dachte, es würde unerträglich werden, brach Copper ab und die Hitze ließ nach.

Geht es dir gut?

Die Hitze ist intensiv, aber ich bin in Ordnung.

Die Schmerzensschreie des Wurms übertönten alles andere, und Mina erschauderte bei dem Geräusch. Die Drachen umkreisten das Biest ein zweites Mal, ihr feuriger Atem versengte und verbrannte das Fleisch des Wurms, und der dritte Angriff brachte seine Schreie für immer zum Verstummen.

Mina wusste nicht, was schlimmer war, die Hitze oder der Gestank. Mit dem ersten toten Wurm wandten die Drachen ihre Aufmerksamkeit dem nächsten zu und begannen, ihn auf die gleiche Weise anzugreifen. Mina war ehrfürchtig angesichts der Macht der Drachen. Zusammenarbeitend schienen sie eine unaufhaltsame Kraft zu sein. Dieser Wurm fiel schneller als der erste, und als sie auf den dritten zuflogen, kam ein schriller Schrei vom Wurmkönig.

Der Körper des riesigen Monsters erschlaffte und krachte auf den Sand, wobei Schockwellen über die Wüste rollten. Mina konnte nicht glauben, dass Areg erfolgreich gewesen war. Wenn das, was Areg ihr erzählt hatte, stimmte, dann hatte er jetzt drei Wurmkönige getötet. Es schien ihr eine unmögliche Leistung, etwas, das sie nie vollbringen könnte.

Die übrigen Würmer begannen sofort, sich wieder in den Sand einzugraben und flohen aus dem Gebiet. Es erleichterte Mina, sie gehen zu sehen. Copper schloss sich dem silbernen Enklavenführer an und sie landeten in der Nähe des Körpers des Wurmkönigs. Mina hatte die Kreatur schon vorher für riesig gehalten, aber als sie neben ihm auf dem Boden stand, fühlte sie sich wie ein Sandkorn neben einem Berg.

Bist du sicher, dass er tot ist? fragte sie.

Als Antwort erschien ein Schlitz an der Seite des Biests und das Fleisch riss auf. Areg taumelte heraus, wischte sich Blut und Eingeweide aus dem Gesicht und warf das Grauenhafte zu Boden. Die Drachen brüllten, ein Siegesschrei erhob sich zum Himmel.

»Ich sein«, sagte Areg.

Mina lachte. Es kam ihr vor, als wäre eine Ewigkeit vergangen, seit sie das letzte Mal gelacht hatte, und es löste den Stress von ihr. Der silberne Enklavenführer gesellte sich zu ihnen und richtete ihren Blick auf Mina.

Dieser Angriff auf unser Zuhause kann nicht ungestraft bleiben.

Du sagtest, du würdest nicht in den Krieg ziehen.

Und ich werde mein Wort halten, aber ich werde eine kleine Truppe von Drachen schicken, um Lord D'Lance zu belästigen. Sie werden mit dir und deinem Verbündeten als Beschützer reisen, aber ihre erste Pflicht ist es, Rache für diese Beleidigung zu üben.

Ich dachte, du wolltest, dass ich ihn töte?

Der Geruch von Zitrone und Nelke stieg Mina in die Nase.

Das will ich, aber ich bezweifle, dass Lord D'Lance ein leichtes Ziel sein wird. Meine Hoffnung ist, dass er sich ins Freie wagt, wo du zuschlagen kannst, wenn meine Brüder sein Schloss angreifen. Und wenn du stirbst, dann werden wir unseren Krieg haben.

Ich verstehe, Tiarna.

Mina hoffte inständig, dass sie das Nötige tun konnte, um einen Krieg zu vermeiden, aber ihr Selbstvertrauen war erschüttert. Wenn Lord D'Lance Bestien so groß und mächtig wie die Sandwürmer kontrollieren konnte, wozu war er dann noch fähig?

Wir werden heute Abend feiern, und morgen früh wirst du unseren Zorn zu diesem elenden Mann bringen.

Ja, Tiarna.

—

Als Mina müde in ihre Kammer stolperte, um etwas Schlaf zu bekommen, war es spät in der Nacht. Sie legte ihre Rüstung ab und ließ sich auf ihr Bett fallen. Die Geräusche der Drachen, die immer noch ihren Sieg über die Sandwürmer feierten, hallten schwach von den Wänden wider, aber ihre Erschöpfung sorgte dafür, dass das kein Problem war, und sie versank in der Dunkelheit des Schlafes.

Als sie erwachte, fiel ihr als Erstes der Muskelkater auf. Ein Stöhnen entfuhr ihren Lippen, als sie sich aufsetzte und umschaute. Ihre Rüstung war wieder auf dem Kleiderständer, und sie vermutete, dass Areg sie dort platziert hatte.

Ich fragte mich schon, ob du den ganzen Tag schlafen würdest, sagte Copper.

Wie spät ist es denn?

Es ist Morgen, aber die Sonne ist schon seit ein paar Stunden auf.

Mina verdrehte die Augen und stand auf. Sie hatte am Abend zuvor so viel gegessen, dass sie kein Frühstück brauchte. Sie legte ihre Rüstung an, zog ihre Stiefel an und ging dann in Coppers Zimmer. Trotz der Seltsamkeit, die letzten Wochen mit Drachen in einer unterirdischen Höhle gelebt zu haben, würde sie diesen Ort vermissen.

Ich darf die Rüstung und das Schwert behalten, oder?

Ja, es ist ein Geschenk der Enklave.

Ich denke, ich bin bereit zu gehen, wenn du es bist.

Es gibt noch eine Sache, die ich dir geben muss.

Was ist es?

Du hast nach meinem Namen gefragt, und ich sagte dir, dass ich ihn dir geben würde, wenn du mein Vertrauen verdient hast.

Mina holte tief Luft. Die Stille schien sich endlos auszudehnen, bis er endlich sprach.

Mein Name ist Gedrith.

Ich fühle mich geehrt, dass du mir nun vertraust, sagte Mina voller Emotionen.

Und ich fühle mich geehrt, dass wir verbunden sind, erwiderte Copper, jetzt Gedrith.

Sie standen einen Moment lang schweigend da, dann stürzte Mina vor und schlang ihre Arme um sein Bein, umarmte es fest. Einst kannte sie nur Hass für Drachen, und nun nannte sie einen Freund.

Ich auch, Gedrith. Ich auch.

Die beiden gingen zur Enklave, um sich zu verabschieden, und dann erhoben sie sich in die Luft, Richtung Dracan-Herrschaftsgebiet. Mina schwebte über den Wolken, im wörtlichen wie im übertragenen Sinne. Sie wollte nichts mehr, als Caden zu sehen, ihm von allem zu erzählen, was ihr passiert war, seit er gegangen war. Sie musste nur ihre Begegnung mit Lord D'Lance überleben, was unwahrscheinlich schien.

Du wirst nicht durch seine Hand sterben.

Warum bist du dir so sicher?

Bin ich nicht. Aber wenn doch, werde ich ihn aus Rache zu Asche verbrennen.

Mina lächelte. Einen Drachen an ihrer Seite zu haben, war alles, was sie brauchte. Gedrith hatte Recht. Sie würde überleben.

Und dann würde sie frei sein.

Die Geschichte geht weiter in...
Zorn des Drachen

Über den Autor

Hallo!

Ich bin ein Fantasy-Autor, der es liebt, über Drachen zu schreiben. Ich habe über 40 Bücher veröffentlicht und habe vor, noch viele weitere zu schreiben.

Ich hoffe, dass Ihnen dieses Buch gefallen hat und danke Ihnen für die Lektüre.

Sie können mir in den sozialen Medien folgen, um direkt mit mir unter https:www.facebook.com/dragonfirepress in Kontakt zu treten.